ELIZABETH AND ESSEX

伊丽莎白女王
与埃塞克斯伯爵

[英] 利顿·斯特莱切（Lytton Strachey）著

王扬 译

中国友谊出版公司

图书在版编目（CIP）数据

伊丽莎白女王与埃塞克斯伯爵 /（英）利顿·斯特莱切著；王扬译 . -- 北京：中国友谊出版公司，2022.8

ISBN 978-7-5057-5491-1

Ⅰ . ①伊… Ⅱ . ①利… ②王… Ⅲ . ①传记文学－英国－现代 Ⅳ . ① I561.55

中国版本图书馆 CIP 数据核字 (2022) 第 088335 号

书名	伊丽莎白女王与埃塞克斯伯爵
作者	[英] 利顿·斯特莱切
译者	王 扬
出版	中国友谊出版公司
发行	中国友谊出版公司
经销	新华书店
印刷	天津中印联印务有限公司
规格	880×1230 毫米　32 开 7 印张　142 千字
版次	2022 年 8 月第 1 版
印次	2022 年 8 月第 1 次印刷
书号	ISBN 978-7-5057-5491-1
定价	52.00 元
地址	北京市朝阳区西坝河南里 17 号楼
邮编	100028
电话	(010) 64678009

献给阿利克斯和詹姆斯·斯特莱切

目 录

第一章　一切的开端

英格兰宗教改革不仅仅是一起宗教事件，其影响遍及整个社会。在中世纪的精神模具被打碎的同时，世俗生活及权力中心的结构层面也发生了革命，这场革命的影响同样彻底且深远。在几个世纪间执掌大权的骑士与教士逐渐淡出权力舞台，取而代之的是一个全新的阶级，这个阶级的组成者既非侠义之士，亦非圣职在身者，但政府的权柄与利益统统落入他们干练而有力的双手之中。这个非凡的贵族阶层借亨利八世的狡黠心机发迹，最终却凌驾于使其得以上位的这份权力之上。王座上的人物由此成了一个影子，而罗素家族、卡文迪许家族、塞西尔家族则以极致的稳固统治着英格兰。在数代人看来，他们就是英格兰。即使到了今天，我们也很难想象一个没有他们的英格兰。

这变化来得很快，到伊丽莎白在位之时便已尘埃落定。1569年的北方伯爵叛乱[1]是旧势力为摆脱厄运所做的最后一搏，最终

---

1. 指1569年威斯特摩兰和诺森伯兰两位伯爵在英格兰北方发动叛乱，策划救出玛丽女王，恢复英格兰的天主教信仰。——译者注（本书注释若无说明，皆为译者所注）

以失败告终。可悲的诺福克公爵，那个梦想着迎娶苏格兰玛丽女王的软弱的霍华德被枭首示众，新社会制度由此得到保障。然而，古代封建主义之精神并未完全耗尽。在伊丽莎白统治时期的末尾，它再度燃起，寄托于一人——罗伯特·德弗罗，埃塞克斯伯爵。这火焰是光荣的，闪耀着古代骑士精神的光彩与昔日为人称道的英勇无畏。然而，此时已不再有任何燃料能够支持它了，它疯狂地燃烧着，摇曳着，一夕之间便被扑灭。在埃塞克斯的个人历史中，包含着令人困惑的难题、令人绝望的流离，以及令人胆寒的结局。被抛却的世界那幽冥般的痛苦，通过个人灾难的悲剧为后世所见。

　　他的父亲被伊丽莎白册封为埃塞克斯伯爵，此人可被看作是中世纪英格兰所有名门望族的后裔。亨廷顿伯爵、多塞特侯爵、费勒斯勋爵，以及波亨家族、波奇尔家族、里弗斯家族、普兰塔根尼特家族，全都在他的血统中占有一席之地。而在母亲家族这边，他的一位先祖埃莉诺·德·波亨，是亨利四世的妻子玛丽的姐妹，还有一位先祖安妮·伍德维尔，是爱德华四世的妻子伊丽莎白的姐妹，借由格洛斯特公爵托马斯·伍德斯托克，这个家族的血统可以追溯至爱德华三世。第一代埃塞克斯伯爵总是心怀梦想，这自然是好事，但也是不幸的根源。秉持着十字军精神，他远征爱尔兰，但宫廷的钩心斗角、女王的经济考量以及爱尔兰农夫的野蛮可怖令他招架不来。他一无所获，最终家财散尽，死于心力交瘁。他的儿子罗伯特生于 1567 年，父亲去世时他才 9 岁，这个男孩很快发现自己继承的是一个显赫的名号以及全英格兰最贫穷的伯爵之位。但这还不是全部。塑造他命运的复杂因素在他出生之前便已存在：他的父亲是旧时代的象征，可他的母亲却是新贵族的代表。莱蒂丝·诺尔斯的祖母是安妮·博林的姐妹，因此，伊丽莎白女王相当于埃塞克斯的姨奶奶。在第一任埃塞克斯伯爵去世两年后，莱蒂丝成为莱斯特伯爵罗伯特·达德利的妻子，更为重要的联系由此缔造。尽管这引发了女王陛下的盛怒以及种种流言蜚语，但这些都如过眼云烟，意义不大。真正重要的是，第二代埃塞克斯伯爵成了莱斯特伯爵的继子，而莱斯特伯爵是女王的宠臣，自她登基那一刻起，他便主宰着宫廷。对于一个年轻人，建立一番功业还需要什么条件呢？万事皆已具备，高贵的出身、伟大的血统、宫廷上的影响力，甚至包括家道中落的现实，足以令第二代埃塞克斯伯爵追逐远大前程。

年幼的伯爵是在伯利男爵威廉·塞西尔监护下成长的。10岁那年，他被送到剑桥三一学院就读。1581年，14岁的他获得了文学学士学位。他的青春期是在乡下度过的，辗转于家族地处偏远的西部庄园——彭布罗郡的兰菲，或是他更常逗留的斯塔福德郡的查特利，那里有古色古香的大宅，雕梁画栋，窗前挂满了德弗罗和费勒斯家族的武器与纹章。大宅矗立在开阔的猎场当中，极富浪漫气息，赤鹿与黇鹿、獾与野猪在周围自由出没。这位年轻人热衷于打猎和一切能够彰显男子气概的运动。但他也喜欢读书。他能正确地用拉丁文写作，也能写一手漂亮的英语文章。倘若不是胸怀大志且身世显赫，他或许会成为一位学者。随着年岁渐长，这种双面性情似乎表露在他的体质方面。血液在他的血管中飞快流动，带来旺盛的生命力，他经常与最精壮的对手比拼腿脚或骑马比武。然而时不时，健康的气息会突然从他身上消失，在那种情形下，这个男孩将变得面色苍白，意气消沉，手捧一册维吉尔的作品，在他的小屋里一连躺上几个小时。

18岁那年，莱斯特伯爵发兵尼德兰，埃塞克斯被任命为骑兵将军。这个职位更多是为了装点门面，并无太多实际责任，但埃塞克斯仍表现不俗。在战线后方，每逢宴会的比武助兴，"他高举武器、奋勇冲击的气魄，会给所有人带来巨大的希望"，编年史家如是写道，而当真正的战斗到来时，这种希望果真实现。在聚特芬一次疯狂的突袭中，埃塞克斯表现得相当英勇。于是在这次战斗结束后，他便被莱斯特伯爵封为骑士。

比起菲利普·锡德尼[1]，埃塞克斯似乎运气更佳，或者说看似如此。他毫发无伤地回到了英格兰。很快他便勤勤恳恳地成为宫中常客。在他小的时候，女王便认识他，对他青睐有加。他的继父年事已高。在这座宫廷，白头发和红脸膛都是明显的不利因素。在这位老练的廷臣看来，一个年轻的近臣可以巩固他的力量，尤其是能够抵消沃尔特·罗利与日俱增的影响。尽管如此，一时之间并没有什么好机会，能够把埃塞克斯推到台前。当然，所有人都很清楚，这位英俊潇洒的年轻人，凭借其开朗的举止、稚嫩的气质、惹人怜爱的言语和神态，还有他那高大的身材、纤长的双手，

---

1. 菲利普·锡德尼（Philip Sidney，1554—1586）英国文学史上最早的诗人、散文作家之一，同时也是英格兰文艺复兴早期的代表人物，举止优雅，极富才情。著有《为诗辩护》。在聚特芬的突袭中，锡德尼不幸负伤，后伤重不治而亡。

以及他那卷曲得恰到好处的一头棕发，早以令伊丽莎白女王为之倾心。这颗新星很快便以非凡的速度升起，倏忽之间，他已然在万人之上独自闪耀。女王与埃塞克斯很快就变得形影不离。当时她53岁，而埃塞克斯未及弱冠之年，二人的年纪组合极其危险。不过在当时，1587年5月，一切还都顺风顺水，令人愉快。他们进行过多次漫长的聊天、散步和骑行，在各个公园及伦敦周边的树林穿梭。到了晚上，他们会继续谈笑风生，然后还要欣赏音乐。到最后，宫中众人皆已散去，只剩他们两人一起玩牌。通宵做伴是常有的事，打牌，或是其他各种游戏。所以当时就有这样一句流言："晨鸟鸣朝霞，爵爷方还家。"1587年的5月和6月就这样过去了。

倘若光阴的步伐能稍做停留，让那几周朦胧的夏日时光拉长一些，那该有多好！兴奋的男孩穿过破晓的晨光回家而去，女王在幽暗处笑意盈盈。可是凡间的造物从来没有喘息之机。人与人之间的关系如逆水行舟，不进则退。当两个意志主体之间的距离缩短到一定程度时，他们之间的相互动力就会越发强烈，最终会达到一个无可回避的顶点。渐强段落必然引导着高潮的到来，也唯有如此，这乐章注定的题旨方能昭然显露。

第二章　伊丽莎白女王

伊丽莎白在位时期（1558—1603 年）可以分成两个阶段：击败西班牙无敌舰队之前的 30 年，以及这之后的 15 年。前一阶段是准备时期，正是凭借这一时期的大量工作，英格兰才得以成为一个有序的整体，最终独立于欧洲大陆，并由此产生了一种能够将全部力量自由发挥在共同事业上的国家状态。在这段漫长的岁月中，当权者需要具备足够的施政技巧与审慎态度。那是一个艰难的世代，容不得任何多余动作。在这整整一代人的时间里，伯利男爵的极度谨慎在英格兰发挥到了极致。那些等而下之的人物也效法于他，正因如此，他们的面目在我们今天看来总是有些模糊。沃尔辛厄姆搞的是地下工作。即便是当时声名显赫的莱斯特，在我们看来也有些暗淡，他是一个不确定的人物，因势而动。大法官哈顿热衷于跳舞，而这是我们对他的全部了解。然而突然之间，万花筒中的景象发生了变化。旧传统、旧演员，随着无敌舰队的残骸一同消失在茫茫大海中。只有伯利仍在，他成了旧时代的纪念碑。在原本属于莱斯特和沃尔辛厄姆的位置上，埃塞克斯与罗利粉墨登场，这两个年轻、大胆、个性鲜明、令人眼前一亮的人物，昂首向前，填补了权力舞台上的空缺。而在国家权力的其他每一个领域皆是如此。隆冬已过，万物复苏，伊丽莎白时代文化的春天由此降临。

这个时代是马洛与斯宾塞、早期莎士比亚及《弗朗西斯·培根论说文集》的时代，到今天已无须赘言，所有人都清楚这个时代的外在风貌，以及它通过文学形式传递的内在精神。比起这些描述，更有价值但也许无法触及的，是一些机理。通过这些机理，现代人可以对三个世纪前那些人物产生想象的理解，能够在他们熟悉的基本感受中轻松游走，可以触摸到，或者说想象自己可以触摸（毕竟这种想象也是历史的素材）所谓"时代机器的脉搏"。然而这条路径对我们来说却是封闭的。我们需要何种技艺，才能把自己送进那些奇怪的灵魂，以及那些更加奇怪的皮囊当中？我们了解得越多，那个奇怪的宇宙离我们便越遥远。除了极少数例外，可能唯有莎士比亚是个例外，那个宇宙的生物无法让我们产生亲近之感。它们是浮出历史之海的幻象，在我们的世界中若隐若现，却无法被我们真正理解。

最重要的是，彼时之矛盾总令我们的想象力感到困惑，令我们的智慧为之迷茫。人类当然始终充满矛盾，但伊丽莎白时代人物的种种矛盾往往超出我们的认知限度。他们的种种特质肆意飞舞，我们竭力捕捉，努力将它们塞进一个瓶子，结果却令瓶子直接炸裂。我们如何才能对当时人们的钩心斗角与天真无邪、精致文雅与残忍野蛮、虔诚纯洁与荒淫无度做出合乎逻辑的解释？无论我们将视线投向何处，看到的都是相似的景象。在约翰·多恩的大脑里，非凡的智慧与天真的神学教条是通过怎样的诡秘魔法交织在一起的？有谁能搞懂弗朗西斯·培根？谁能想到那些清教徒和戏剧家竟然是同胞手足？这究竟是怎样的一种精神结构，能够以16世纪伦敦肮脏且野蛮的日常生活为经，以对于《帖木儿大帝》[1]的壮怀激烈、《维纳斯和阿多尼斯》[2]的细腻柔美满怀热情的耳熟能详为纬？谁能重构那些心如铁石的凡人之心，他们先前还在小酒馆里聆听某个迷人的男孩和着鲁特琴吟唱婉转的牧歌小调，转头便去围观一条受虐的狗撕碎一头熊的恐怖景象？他们是铁石心肠吗？也许吧。然而就是这样招摇过市的时尚男子，以其阴囊袋展示着自己的阳刚之气，可他那飘逸的长发和精心装饰的耳朵，不也是阴柔之风的体现吗？而就是这样一个包容奇异风尚，推崇幻想与柔美的社会，又会很快掉转马头，以可怕的不容忍撕碎某个随机的受害者！间谍们常这样说，一旦风声变了，那些精心装饰的耳朵，也许会在它们的主人戴枷游街时被割掉，引来围观众人的哄笑；或者，如果野心或是宗教引发更加黑暗的连锁反应，更为可怕的肉体伤害夹杂在以只适用于育儿教育及临终忏悔的精致英语讲述的各种道德训诫当中，可能会令一个叛国者的结局更加丰富多样。

---

1. 克里斯托弗·马洛的经典剧作，讲述了14世纪一位普通牧民，如何通过个人奋斗登上国王宝座，成为帖木儿大帝，但最终死于野心的故事，是英国人文主义戏剧的发端。
2. 莎士比亚的叙事长诗，取材于奥维德《变形记》中描述维纳斯和阿多尼斯的章节，以"爱情与失去"为主题，是莎士比亚的代表作之一。

这是巴洛克的时代，也许正是这种风格在结构与装饰之间的不协调性，最能说明伊丽莎白时代人们的奥秘。仅凭装饰的繁复，很难判定其内在本质微妙而隐秘的线条。显然，在最重要的案例中也是如此，毫无疑问，没有哪位曾在世间行走过的人物，能够比伊丽莎白风格的至高代表伊丽莎白本人更加"巴洛克"了。从外在形象到内心深处，她的每一个部分都彰显着表里不一。在她那繁缛的服饰、巨大的裙箍、僵硬的皱领、宽松的衣袖、涂粉的珠饰、垂下的镀金面纱之下，这个女人的形体消失了，人们看到的是一个华丽、庄严、自化为神的形象，一个王国的象征，可又凭借着某种奇迹真实地存在着。后人也受到了类似的视觉蛊惑。她是想象中的英明君主、狮心女王，以其杰出而果决的手段击溃了西班牙人的无礼侵犯，粉碎了罗马教廷的蛮横独裁。这种想象与当年在伊丽莎白真正形体之上披挂的种种矫饰并无二致。但是，后人终究是享有特权的。我们可以凑近一些，即便真的窥探到了女王陛下的华袍之下，我们也不会犯下任何大不敬的罪过。

狮子般的雄心、卓越的手段，这些英雄主义的特质当然无可指摘，人人都能看到。但这些特质在她整体性格中的真正意义却是模糊而复杂的。西班牙大使们锐利而怀有敌意的目光看到了一些不同的东西。在他们看来，伊丽莎白最大的特点是优柔寡断。他们是错的，但他们终究要比那些脑袋空空的旁观者看到了更多真实。他们触及了女王内心的种种力量，正是这些力量令他们自己遭受了致命打击，成就了女王的伟大胜利。那次伟大胜利并非英雄主义的结果。事实恰恰相反：主导伊丽莎白一生的施政思想恰恰是人们所能想到的最没有英雄气概的，她的真实历史至今仍是长袖善舞之徒在治国理政层面值得反复研习的必修课。在现实中，她的成功体现了一切英雄人物本不应具备的所有品质：佯装糊涂、易于屈服、优柔寡断、拖拖拉拉、吝啬小气。我们几乎可以说，她的英雄气概，主要体现在能够容忍这些品质支配自己的漫长时间跨度。花了12年时间让世人相信自己爱上了安茹公爵，对于那些战胜了无敌舰队的英格兰将士的粮饷依旧会照例克扣，要做到这些，确实需要一颗狮子般坚定的心。然而也正是在这些方面，伊丽莎白展示了自己超凡的统治力。在那个从不缺乏政治狂人的世界里，她发觉自己是个清醒的女人，身处各种可怕的、激烈绞杀着的力量中间，譬如法国与西班牙相互敌对的民族主义势力、罗马教廷与加尔文宗相互敌对的宗教势力。在相当长的一段时间里，她似乎难以避免被其中一方或另一方碾碎的命运，而她最终之所以能够幸存，完全可以归因于她总能通过耍弄心机、虚与委蛇来应对这些极端的力量。刚好，智力上的敏锐帮助她适应了周遭复杂的环境。法国与西班牙势均力敌、法国与苏格兰内部各个派系相互掣肘、尼德兰的风雨飘摇，给她在外交层面的迂回策略提供了充分的空间，其中曲折复杂的盘算，直到今天人们也不曾完全解开。伯利男爵是她给自己挑选的帮手，是她中意的细心管家。为她铺平道路的也不仅仅是智力因素，她的气质同样起到了作用。男性气质与女性气质的混合、热情与踌躇的杂糅、固执己见与摇摆不定的自由切换，正是在她的处境中所需要的。一种深层次的本能，让她在任何方面几乎都不会做出坚定的决断。

或者，即便做出了这样的决断，她也会立即不顾一切地将其推翻，接着还会以更加不顾一切的姿态推翻自己先前的决定。这就是她的本能，风平浪静之时，她会漂浮在海面上，犹豫地前行；一旦风暴来袭，她就会随风而动。倘若并非如此，倘若她真的如世人所愿，具备所谓强者的行动逻辑，有能力一意孤行、拒绝偏航，她注定将迷失方向。她势必将被那些极端的势力裹挟其中，并且几乎不可避免地会被迅速摧毁。她的女性气质挽救了她。只有女人才会不顾面子，左右摇摆；只有女人才会漫不经心地弃子认输，全身而退，不仅抛弃所谓原则，还抛弃了尊严、荣誉和约定俗成的体面，从而避开真正可能决定生死存亡的可怕决断。当然，取得如此多的功绩，单凭女性的逃避推诿是不够的。如果想要逃开从四面八方向她袭来的压力，她仍需要男性的勇气与力量，而这同样是她具备的。但这些男性特质对她的价值，仅仅是让她能够泰山崩于前而色不改，以不屈不挠的毅力，克制动用举国之力孤注一掷的冲动，这是她一生中最后的悖论。

当时的宗教人士对她的行为感到痛心，心怀帝国大梦的历史学家直到今天都在为她扼腕叹息。为什么她就不能抛却自己的优柔寡断和奸诈伎俩，高尚地承担风险呢？为什么她就不能勇敢而坦荡地向前一步，担负起欧洲新教领袖的职责，接受尼德兰的主权，为挫败天主教甚至是将西班牙帝国纳入大英版图打一场漂亮的仗呢？答案是，她对这些并不在意。她比这些对她颇有微词的人更了解自己的真实本性与真正使命。成为新教领袖不过是造化弄人，在内心深处，她是个绝对的世俗主义者，她命中注定要摘下的桂冠，不是引领宗教改革，而是更伟大的风潮——文艺复兴。在她以古怪的方式履行完自己的职责后，英格兰的文明之树结出了累累硕果。她诡秘的行事方式的核心非常简单：她只是在争取时间。而时间，对她来说，就是一切。做出决断便意味着战争，而战争是与她心中一切愿景完全相悖的糟糕事物。与历史上其他伟大的政治家不同，她在性格与实践层面都热爱和平。这并不是因为她对战争的嗜血感到不安。她绝非多愁善感之辈，她憎恶战争的根本原因，也正是反对战争的万般理由中最有力的一条——它的浪费。亦如她在物质层面的吝啬，她对精神的态度同样是俭省的。她耕耘出了一个伟大的时代，尽管至高的硕果最终归于她的继任者，但她的功绩并未被埋没。因为倘若没有她，这片特异的土地可能永远无法实现收获，它将被如过江之鲫般的民族主义者和神学大师糟蹋。她维持了30年和平，这段和平时光的确是用一连串可耻的唯唯诺诺和罕有先例的见风使舵换来的，但她保住了和平，这对伊丽莎白来说已经足够。

让决断时刻延后，延后，再延后，这仿佛是她唯一的事业，而她的一生似乎是在对于拖延的激情中度过的。然而这只是骗人的表象，她的对手们在尝到苦头后也发现了这一点。最终，当钟摆来来回回晃动许久，拖延令事端消弭，期望在久耗中落空，可怕的事情便会发生。狡猾的莱辛顿的梅特兰，一位将先祖信奉的上帝视为"育儿院里的吓唬小孩的妖怪"的人物，曾轻蔑地宣称英格兰的女王反复无常、犹豫不决、胆小怕事，还说用不了多久，他就能让她"缩在地上呜呜哭，像一条惠比特狗"。漫长的岁月过去了，忽然之间，伊丽莎白一声令下，爱丁堡城堡的防御迅速土崩瓦解，梅特兰最终以罗马式的自我了断，躲开了有失尊严的公开受戮。玛丽·斯图亚特曾以一句恶毒的法语侮辱她的对手，过了18年，在福泽林盖，她才发觉自己犯下大错。而费利佩国王[1]花了30年时间才领受到同样的教训。长期以来，他都对自己的妻妹保持容忍，但突然有一天，他宣称她的末日已至，当他的无敌舰队驶入英吉利海峡时，他微笑注视着这个昏头昏脑的女人还在为全面和平寻求谈判。

毫无疑问，这位女王身上有一丝邪魅之气。人们可以从她那双尤其纤长的双手的动作中觉察到这一点。但这只是一种感觉，至多提醒人们，她的血管中流淌着意大利人的血，狡猾而残忍的维斯康蒂家族的血。总的来说，她是英格兰人。尽管非常狡猾，但她并不残忍，按照当时的标准，她几乎是仁慈的，偶尔爆发的野蛮行为只是恐惧或愤怒使然。尽管看上去有几分相似，但她与她最危险的敌人，那只盘踞在埃斯库里阿尔宫不断吐丝布网的大蜘蛛[2]截然相反。表面上看，两人都是虚与委蛇的高手，也都热衷于拖延之道，但费利佩的沉重脚步只是因为他的机体濒于老朽，而伊丽莎白的拖延则是基于完全相反的理由——充满活力之人经得起等待。这只凶悍的老母鸡稳坐高台之上，孵化着整个英格兰民族。在她的羽翼之下，这个民族的生命力正迅速累积，趋于

---

1. 指西班牙哈布斯堡王朝国王费利佩二世。

2. 亦指费利佩二世。埃斯库里阿尔宫是他在位期间为自己营建的官殿。

统一。她安稳地坐着，但每根羽毛都悍然耸起，她就是无与伦比的生命力的集合。她极致的活力既令人震惊，又带来欣悦。当西班牙大使宣称有一万个魔鬼附在她身上时，英格兰民众却从亨利国王血统纯正的女儿身上看到了他们心目中的女王。她赌咒发愿，她乱吐口水，她生气时会用拳头打人，她高兴时会放声大笑。而且她经常高兴。幽默的氛围让她命运的严苛线条变得柔和，也让她在这条可怕的道路上始终振作。她对每一个刺激的反应都是直接而充分的，对眼前的愚蠢，对重大事件所带来的冲突与恐怖，她的灵魂都能以一种富于活力的、超然弃绝的、完整彻底的清醒予以应对。这也使得她始终都是一个迷人的存在。她能够与生活平等相处，与它搏斗，取笑它，欣赏它，如看戏般抽身旁观，如切身般感知情形的陌生与命运的陡然变化，以及万事万物永恒的出人意表。"自然之美，在于其变幻莫测"[1]是她最喜欢的箴言之一。

　　她自己行为的变化，较之自然更加频繁。这位粗鲁、爱开坑笑，喜欢户外活动，尤其热衷打猎的贵妇，眨眼间可能就会化身为面色凝重的女商人，长时间跟秘书们待在一起，阅读、口述信函，并对账目的细节进行严格审查。再然后，一位文艺复兴时代的知性女人又会闪亮登场。伊丽莎白在诸多领域都颇有造诣，配得上真诚的赞美。除母语之外，她还精通六种语言，学过希腊语，是一位出色的书法家，同时还是一位优秀的音乐家。在绘画和诗歌领域，她品位不俗。她能够演绎佛罗伦萨风格的舞蹈，优美的舞

---

1. 原文为拉丁文。

姿时常令看客们啧啧赞叹。她的谈吐不仅以幽默见长，而且足够优雅、机智，既展现了精准的社会意识，也散发出微妙的个人魅力。正是这种精神层面的多才多艺，令她成为有史以来最为卓越的外交家之一。她的思维极其敏捷，能够将自己的诉求包裹在极尽复杂之事的言语当中，令最清醒的对手为之困惑，令最警惕的对手削弱心防。但她最大的长处在于她对于语言资源的掌握。只要愿意，她能够以最坚定的语言之锤撼人心魄，但如果需要编织模棱两可的暧昧话语，她的技艺同样也无人能出其右。她的书信往往以她专属的高贵文风写就，但行文之间却充满讥讽与含沙射影。若是私下的交谈，她可以通过一些巧妙的轻率玩笑迅速与对方拉近距离。但来到公众面前，在需要向全世界表达自己的愿望、观点与思考的场合，她最伟大的时刻也随之到来。很快，各种精妙言语便会如水银泻地般在她沉稳的发言中逐一铺开，以足够迷人的力量展现她的智慧奇特的运作方式，而这个女人内在的激情，则会借由她高亢激昂的话语和完美的节奏撼动四方。

这些复杂的不一致性也不仅仅表现在她的精神层面，这种特质也支配着她的身体。她高大而瘦弱的身躯受制于一些怪病。风湿病折磨着她，严重的头痛令她苦不堪言，一种可怕的溃疡在多年间一直给她的生活造成困扰。尽管她很少患上重病，但接二连三的小病和病态症状，都让她当时的子民深感惊惶，也让一些现代研究者怀疑她从自己的父辈那里继承了一些遗传缺陷。我们对医学知识的了解以及她患病的实际细节都所知甚少，无法得出明确结论。但至少可以肯定的是，尽管长期遭受各种病痛折磨，伊丽莎白大多数时候都表现得很坚强。她活到了 70 岁，这在当时算得上是名副其实的古稀之年，她仍始终坚定地履行着她在政府中的艰巨职责。而在她的一生中，她的身体也表现出了不同寻常的能量。她热爱打猎与跳舞，从不厌倦。同时有一个显而易见的事实，与她任何体质上的缺陷都不太匹配，她尤其喜欢站立，于是曾有不止一个不幸的大使在与女王长谈几个小时后蹒跚着离去，痛苦地抱怨自己的腿脚经不起这样的折磨。曾由当时的不同观察者提出，并被后来的学术权威接受的说法是，她的大部分疾病都源自心理因素。钢铁般的躯体成了神经的猎物。她一生中承受的大量危险与焦虑本身便足以令最强壮之人的身体产生动摇。但在伊丽莎白的案例中，有一个特殊的原因确实恰好对她的神经状态造成了影响：她的性机理存在严重异常。

从一开始，她的情感生活便承受着巨大的压力。在极易受到影响的童年早期，她始终处在充满动荡、恐怖和悲恸的环境当中。她或许会记得那一天，为庆祝阿拉贡的凯瑟琳去世，她的父亲一身黄色穿搭，除了软帽上插着一根白翎，在愉悦的号角声中带她去做弥撒，然后把她抱在怀中，兴高采烈地向诸位大臣展示她的模样。但也有可能，她最早的记忆是另一番模样：在两岁零八个月时，她的父亲砍下了她母亲的头。无论是否留有记忆，这样的事件对于她幼小的心灵一定造成了深远的影响。随后几年，她的生活里依旧充满麻烦与可疑之物。她的命运随着父亲政治与婚姻的复杂变化动荡不断，她一会儿是英格兰的继承人，一会儿是被抛弃的私生女，在被宠爱与被漠视之间来回切换。然后，随着老国王驾鹤西去，一种全新的、危险的躁动几乎将她吞没。当时她还不到 15 岁，与继母凯瑟琳·帕尔同住，而凯瑟琳·帕尔此时已经改嫁护国公萨默赛特的兄弟——海军上将西摩了。海军上将英俊潇洒，但生活放荡，经常在公主身上找乐子。一大早，他便可能冲进她的房间，在她尚未睡醒或刚刚起床时大笑着扑向她，把她搂在怀里，挠她痒痒，拍她屁股，再开几句下流的玩笑。这些行为持续了几个星期，当流言蜚语传到凯瑟琳·帕尔耳朵里时，她便把伊丽莎白送到了别的地方。几个月后，凯瑟琳·帕尔去世，海军上将随即向伊丽莎白求婚，这个野心勃勃的漂亮人物觊觎着最高权力，希望通过和王室血统的结合在自己与哥哥的对抗中领先一步。他的图谋最终败露，他被关进伦敦塔，而护国公一度想把伊丽莎白牵涉进这个案件当中。极度的痛苦并未使这个女孩丧失理智。西摩的容貌和做派尽管令情窦初开的少女为之倾心，但她坚决否认自己曾对这桩未经护国公同意的婚事动过半点心思。在一封言辞恳切、书写华丽的信中，她反驳了萨默赛特对自己的指控。她告诉护国公，那些声称她"跟海军上将养了孩子"的说法都是"可耻的诽谤"。她恳请允许她前往宫廷，证明自己的清白。护国公发现他对这个 15 岁的对手束手无策，只好下令将海军上将斩首。

在这样恐怖又独特的环境之中，她度过了自己的童年与青春期。有谁会对这样的孩子在长大后出现神经异常的迹象感到奇怪呢？一上位，她便以奇特之举展现出自己古怪的气质。由于下一顺位的继承人是信奉天主教的玛丽·斯图亚特，因此只要伊丽莎白尚未成婚，英格兰的新教事业便与她个人脆弱的生命之线捆绑在一起。一个显而易见、不可避免的结论是，女王必须尽快结婚。然而女王本人却有自己的想法，婚姻在她看来是讨厌的，她不会结婚。随后的 20 年间，直到岁月的力量将她拖出这一争论的泥潭，她通过一系列令人难以置信的拖延、搪塞、欺骗、反悔，与大臣、议会和民众"逼婚"的压力相抗衡。对她来说，个人的安危不足为虑。无后之身令她遭到谋杀的风险陡增，她深知这一点，但微笑以待。整个世界都对她的这一坚持感到困惑。伊丽莎白并非对冰冷的节操心怀执念，事实似乎恰恰相反。她本性的多情几乎是不可抗拒的，以至于显而易见，有时甚至近乎丑态。潇洒俊俏的男人总是让她愉快而激动。她对莱斯特的热情支配着她的生活，从姐姐将他们两人粗暴地关入伦敦塔中，到莱斯特生命的最后一刻始终如一。而莱斯特所凭借的是男性之美，也仅仅是男性之美，令她魂牵梦绕。但在她的天空中，莱斯特绝非唯一的明星，那里星星众多，在某些时候几乎盖过了他的光芒。器宇不凡、舞技超群的哈顿；面容俊秀的赫尼奇；风度翩翩的比武场之王德维尔；还有年轻的布朗特，"一头棕发、面目清秀、仪态端庄、身材伟岸"，而一旦女王的目光在他身上兜转，他的脸颊很快便会泛起绯红，惹人怜爱。

所有这些男人她都爱，无论她的敌人还是朋友都这样说，因为爱是个充满疑问的词。而在伊丽莎白的种种行为方面，确实曾经笼罩着巨大的疑惑。天主教敌人攻击她的一大武器便是指责她是莱斯特的情妇，言之凿凿两人甚至生了个孩子，已经被悄悄送到了国外，这当然是欲加之罪。但同时还有一种完全相反的流言同样颇有市场。在霍森登的一次晚宴之后，本·琼森曾告诉德拉蒙德："她身上有一层膜，让她没办法享受鱼水之欢，尽管为了享乐，她已经跟很多男人有过尝试。"当然，本莫名其妙的发言并没有任何权威性，这只是当时颇具代表性的一种传闻。更重要的是一位有能力发掘真相的人在经过认真思索后得出的结论，此人是西班牙大使费里亚。在长期调查之后，他向费利佩国王汇报，伊丽莎白不会生下孩子，他的原话是"据我所知，她不会有孩子"[1]。倘若果真如此，或者至少伊丽莎白相信如此，那么她拒绝婚姻的理由便很明显了。有丈夫却无子嗣，只会让她个人失势，同时换不来任何好处。新教权力的延续不会得到任何保障，她自己却会因为多了个管家公而处处受制。关于她身体特异之处的粗鄙流言很可能缘起于一个更加微妙但同样重要的事实。对于床笫之事，心灵与身体具有同等强大的力量。一旦交欢的时刻即将到来，对这一行为本身的根本性厌恶很可能导致一种歇斯底里的痉挛，在某些情况下还会伴随着强烈的疼痛。一切证据都指向这一结论：伊丽莎白的情况正是如此，童年时严重的心理障碍最终造成了这一异常。"我讨厌结婚，"她曾对苏赛克斯勋爵说，"基于一个就连我的灵魂伴侣我都不会向其透露的理由。"没错，她讨厌婚姻，但这并不妨碍她把婚姻当作筹码。智力上的超脱，以及对政治运作的超强直觉，令她长时间在这个觊觎着她的世界面前把婚姻承诺当作诱饵。西班牙、法国，还有神圣罗马帝国——在那么多年里，

---

1. 原文为西班牙文。

她一直利用这个不可能的诱饵将它们笼络。在那么多年里，她让自己的神秘身体成为欧洲命运的支点。刚好，一个有利的条件，为她的游戏增添了非凡的真实性。尽管在内心深处，欲望变成了拒斥，但它并没有完全消失；相反，自然的补偿力量导致它在其他领域极其活跃。尽管珍贵的堡垒永远拒绝被入侵，但其周围的领土、外围的防御工事、森严的壁垒却似乎暗示着令人兴奋的战斗，甚至某些时候会将大胆的攻击者迎入其中。不可避免的是，奇奇怪怪的流言四处传播。出身高贵的追求者们只会因此更加趋之若鹜，而童贞女王对于自己的秘密只会微微皱眉，付之一笑。

暧昧的时光结束了，女王的婚姻最终变得不再有意义。但她的古怪脾气丝毫未改。尽管已经接近迟暮之年，但她的情绪波动丝毫没有减少，实际上是不减反增，这里同样存有神秘之处。年轻时的伊丽莎白便极富魅力，多年来她一直魅力不减，但到了最后，这种魅力被深深的皱纹、浓重的妆容和某种诡异的强烈表情取代。随着年老色衰，她对留存自己魅力的执着也越发强烈。在一生中的大部分时间里，她只需要人们对她保持真诚的崇敬，但到了晚年，她却需要并接受身边年轻男子对她表现出浪漫的激情。国家事务在叹息、狂喜和抗议中稳步向前。她的声望随着成就变得无与伦比，而这种超越一切的个人崇拜反过来又进一步增加了她的声望。此时人们若是来到她的身边，定会如朝觐神明一般诚惶诚恐。对于这样一个已然神化的人物，任何形式的崇敬都算不上过分。传说曾有一位体面的年轻贵族在她面前鞠躬行礼时，身体内部释放出了有失体统的声音，这位年轻人惊恐万状，连夜出国，在外漂泊了整整 7 年才敢再次回到女王面前。营造这样状态的意义显而易见，但那并非全部的意义。女王的洞察力从来都高人一等，在审视外部环境时极其敏锐，然而一旦转回到自己的内心，这种能力却有些迟滞。一旦遇到关乎内心的判断，她经常有失水准、充满困惑。她似乎顺从了一种微妙的本能，通过毫无顾忌地集中自己身上的全部浪漫，将自己成功化身为最伟大的世俗现实主义者。这样做的结果自然非比寻常。这样一位精明强干的一国之君，受困于荒谬的虚荣之心，厕身于一个要么是离奇的、玫瑰色的幻想，要么是最冷酷、最坚实的事实组成的宇宙当中。两种状况之间没有缓冲，只有对立并存。这个非凡的人物这一刻还是钢铁般的存在，下一刻却春心荡漾。她的美丽再一次倾倒众生，她的魅力再一次展现了统治力。她愉悦地享受着情人们对她热切的赞美，并在同一时刻，利用自己最后残存的运气和狡黠，将这些赞美——亦如她先前的处理方式——转化为现实的占有。

由此，古怪的宫廷成了混合着矛盾与不确定的空间。寓居其中的女神已显老态，头上顶着黄金冠冕，身穿奇装异服，尽管弯腰驼背，但依旧高大。她的头发染成红色，其下是苍白的脸颊、乌黑的长牙齿、盛气凌人的高鼻梁，以及深陷又外凸的眼睛——一双可怕的眼睛，在其幽蓝的深处，潜藏着一些张狂——几近狂热。她步履匆匆，特别彰显出至高能量，命运与幸运之神也始终伴她左右。当宫廷内室之门关闭时，人们知道，那双眼睛背后的大脑正在飞速运转。凭借着通过长期练习得来的完美技艺，料理欧洲无限复杂的外交游戏与国内无比艰巨的政治事务。不时会有尖厉的声音传出，高亢地宣布某位大使遭到训诫、某次对印度群岛的远征遭到禁止，抑或是关于英格兰教会章程的一些决定。最后，这个不知疲倦的人物再度现身，跃上马背，飞快地穿过沼泽地，然后心满意足地归来，花一小时弹奏维金纳琴。在一顿俭省的晚餐——一只鸡翅膀，搭配一点点淡酒与清水——过后，荣光女王的舞蹈时间到来了。当六弦提琴的乐声响起，年轻男子们环绕着她，等待着命运的恩泽。有时，埃塞克斯并未到场，那么，还有什么能阻止这位多情而专横的女王呢？兴奋的女神会跟一个又一个年轻男子讲起各种下流的玩笑，最后则会钦点某位身形魁梧的青年到斜窗下单独聊天。她的心被他的奉承融化，当她伸出长长的手指，抚弄着年轻人的脖颈时，她整个人都被一种难以定义的情欲充溢。她是一个女人啊，是的！一个风情万种的女人！然而，她不也是个处女，而且临近暮年了吗？马上又会有一种感觉涌上心头，将她吞没，她是至高无上的，她是超凡绝伦的——她知道。她知道什么呢？她是个男人吗？她凝视着环绕自己的这些卑微的存在，微笑着思忖。尽管在某种意义上，她是他们的女王，但倘若换个角度，情况却绝非如此，几乎可以说是完全相反。她读过赫拉克勒斯与海拉斯[1]的故事，在半梦半醒之间，她可能会以为自己具有某种异教徒的阳刚之气。海拉斯不过是个侍从，他就在她的面前，但她的思绪被一阵突然的静默打断。回过头来，

---

1. 赫拉克勒斯是希腊神话中的大力神，海拉斯是一位俊美的男青年，后被赫拉克勒斯看中，将他带在身边。两人既是伴侣，亦是主仆。

她看到埃塞克斯走了进来，他快步走到她的身边。当他跪倒在她的脚下时，女王便把一切抛在脑后。

第三章　埃塞克斯与他的对手

夏日的调子轻快悠扬，直到 7 月的酷暑天，一场雷雨突然来袭。当埃塞克斯与伊丽莎白在她的房间里聊天时，卫队队长在门外执勤。卫队队长是位五官分明的绅士，沃尔特·罗利爵士。他是一位西郡乡绅的小儿子，女王的垂青令他在不过几年间便积累了可观的财富与权力：专利与专营权不断落入他的囊中；英格兰与爱尔兰的诸多地产划入他的名下；他是锡矿区的监管大臣、康沃尔郡的治安长官，同时还是一位爵士和一名海军中将。他此时 35 岁，是一个危险、漂亮的人物。他的仪表堂堂和进取精神，令他出人意料地来到了万人之上，而这最终将引他去往何方？命运之神为他编织了一条黑暗与光明交织的绳索，幸运与不幸，将以同等的程度和罕有的强度，归属于他。

厄运困扰他一生。第一次打击便是年轻的埃塞克斯跻身宫廷。正当罗利享受着女王欣悦的目光时，正当莱斯特的日渐衰老似乎让他的发迹之路逐渐铺开时——就在这个时刻，这个上一代宠儿带着他稚嫩的继子登上舞台，让伊丽莎白眼前一亮。罗利突然发觉自己就像是个曾经备受宠爱的佳人，如今却逐渐风华再。女王也许会把三四个脑袋搬家的野心家的地产丢给他，也许会允许他到美洲大展拳脚，甚至仍会嗅一嗅他的烟草，在他面前咬一颗土豆，扮个鬼脸，但这都意义不大。她的心，她的人，现在都在埃塞克斯那里，在房门的另一边。他皱起自己乌黑的眉毛，终于下定决心主动出击。在一次到郊外探访沃里克勋爵的过程中，他成功扰乱了伊丽莎白的心绪。沃里克夫人是埃塞克斯的姐妹多萝西·佩罗特夫人的朋友。由于秘密与人结婚，多萝西夫人被禁止出现在宫廷当中。但轻率的沃里克夫人以为女王此时怒气已消，于是便邀请多萝西夫人和埃塞克斯一同作陪。罗利立刻抓住机会，对女王说，多萝西夫人的到场是埃塞克斯一家人故意轻慢于她的表现。于是女王命令多萝西留在房间里，不准出席宴会。埃塞克斯立即明白个中缘由，并未退让。晚宴过后，一有机会与女王以及沃里克夫人单独相处，他便开始激烈地申辩，为姐妹辩护，并宣称（正如他在事后立即给一位朋友写的信中所说）伊丽莎白这样做，"只是为了讨好那个杀千刀的罗利，为了他，她不惜让我和我爱的人伤心，还不惜让我在世人面前蒙羞"。伊丽莎白则针锋相对。"她似乎不能忍受有人说罗利的半点不是，她总在用一个词'鄙视'，说我没有理由这样鄙视他。"这位血气方刚的年轻人更加愤怒。"这样下去还有什么意义？"他呼喊道，"我如此尽心尽力服侍女王大人，可她却对那样一个人畏首畏尾。"在他们激烈争辩的过程中，卫队队长一直在门口履行他的职责。"我说了他很多坏话。我想他就站在门口，最糟糕的部分他大概也没落下。"然而他激烈的言辞并没有起到作用，争吵越发激烈。当女王不再为罗利辩护，转而攻击埃塞克斯的母亲莱斯特夫人——

她一向不喜欢这个女人——时，埃塞克斯忍无可忍。他说，他要送多萝西夫人回家，尽管此时已近午夜。"至于我自己，"他对激动的伊丽莎白说，"在任何一个地方我都不会再快乐了，但我也不想留在你的身边，因为我已经清楚自己的一片真心被人辜负，而像罗利那样的无耻浑蛋却会得到你如此的青睐。"对此，女王并未回应，而是转身去找沃里克夫人。埃塞克斯走出房间，先是吩咐武装侍卫把多萝西夫人送回家，然后自己骑上马，连夜前往马盖特，决心一个人强渡海峡，投身正在荷兰展开的战事当中。他在信中继续写道："如果能回来，我将荣誉加身；如果我回不来，战死沙场也好过眼前这种讨厌的生活。"然而女王很快行动起来，她派罗伯特·凯利来追他，在上船前把他拦了下来，带回女王身边。两人重归于好，女王的宠爱再度升温。只过了一两个月，埃塞克斯便晋升成为王室御马官及嘉德勋爵士。

然而，尽管云开见日，但天空已经悄然发生了变化。第一次争吵总是不祥的。在沃里克勋爵宅邸那焦灼的一幕，表面上是醋意大发的惯常套路，但其本质却是被压抑的不信任，这份不信任近乎敌意，并且已经浮出水面。此外，通过这次争吵，埃塞克斯还发觉，尽管他年纪尚轻，但却完全可以跟伟大的女王大吵大闹。在为罗利辩护时，伊丽莎白一直很生气、很暴躁，而且不肯退让半分。但她从未下令停止这场大胆的争吵，她对埃塞克斯的申斥，似乎是有几分享受的。

第四章　最初的相处时光

　　无敌舰队大败而逃，莱斯特猝然离世。一个新世界的大门正在为年轻人与冒险家敞开。英格兰人决定对西班牙人进行反击，由德雷克挂帅。突袭科鲁尼亚的军备已经准备妥当，更进一步，他们打算攻占里斯本，将葡萄牙从费利佩手中分离出来，再把声称自己拥有该国统治权的堂·安东尼奥送上王位。兴奋、战利品、赢得荣耀的前景，令所有士兵的内心激荡，埃塞克斯也不例外，但女王禁止他踏上战场。然而他也有违抗的胆量：在一个星期四夜晚策马出城，于星期六早晨抵达普利茅斯，距离伦敦已有220英里。这一次，他的迅速行动令女王措手不及。他立刻登上运兵船，同老将军罗杰·威廉姆斯的一支分队一道，向西班牙海岸驶去。伊丽莎白大发雷霆，她向普利茅斯派去了一个又一个信使，命令搜查艇在海峡间搜查，还在写给德雷克的一封信中，对可怜的罗杰爵士大加指责。"他的罪行极其严重，"她写道，"理当就地正法。倘若你尚未如此行事，则应立刻解除此人的一切职务，并将他置于妥善监管之下，听候发落。此事务必依命照办，不可违背。而如果埃塞克斯已经进入舰队序列，我们要求你直接将他遣送回国。你若是不从，一切后果由你自行承担。这绝非戏言。务必甚加考虑。"但无论是威胁还是命令都未起作用。埃塞克斯轻易地加入了战斗序列，并勇敢地参与了几次小规模战斗及行军，但这次远征的全部活动也仅此而已。事实证明，击退入侵比发动入侵容易得多。一些西班牙船只被烧毁，但葡萄牙人并未积极响应，里斯本闭关坚守，对堂·安东尼奥和英格兰人并不感冒。离开里斯本之前，埃塞克斯将一支长矛刺入城门当中，大声叫阵："西班牙可有勇士，敢与女王的臣下堂堂正正较量一番？"无人回应。远征军打道回府。

年轻人很快再次与女王和好，就连罗杰·威廉姆斯爵士也得到了原谅。宫廷又回归昔日的欢乐时光当中，打猎、宴会、骑马比武，周而复始。失望的罗利前往爱尔兰，照看他那一万英亩的广袤土地。埃塞克斯彻底摆脱了一大劲敌。接下来，查尔斯·布朗特能算得上是他的对手吗？这个英俊的年轻人倒是在比武场上春风得意，伊丽莎白甚至把她的一副象棋中的金色王后赐予了他，他用一条深红色的丝带把这奖赏绑在手臂上。埃塞克斯在见状询问并得到回答后感慨道："女王还真是雨露均沾啊。"于是两人便在马里波恩原野上进行了一次对决，结果埃塞克斯落败负伤。"真该死！"听闻此事后，女王说道，"早该有人教训教训他，挫挫他的锐气了。"尽管嘴上这么说，但女王还是为有人为她的美貌流了血心中窃喜。事后，她要求两个小伙子握手言和，两人照办了。后来，布朗特成了埃塞克斯最忠实的追随者之一。

女王的恩泽如流水般源源不断，只是偶尔也有意外的浅滩阻绝。埃塞克斯花钱大手大脚，一度欠下 2 万英镑外债，女王慷慨地拿出 3000 英镑，助他缓解燃眉之急。但没过多久她便要求埃塞克斯立即还款。埃塞克斯恳求推迟，然而女王的回复却丝毫不留情面：他必须立刻还钱，或是用同等价值的土地抵债。在一封极其悲痛的信中，埃塞克斯表达了自己的恭敬与服从之心。"女王陛下后悔于自己昔日的恩典，"他写道，"这份伤害令我难以承受。倘若陛下能够回心转意，我愿意献出我所有的土地，尽管只要出售一个微不足道的庄园，我便可以还清陛下希望我偿还的那笔钱。金钱和土地都是卑贱的东西，但爱与仁慈是无价之宝，它们的价值无法用其他东西来衡量。"女王欣赏这种措辞，但并不赞同这种经济考量。不久之后，亨廷顿郡的凯斯顿庄园，"那块家族祖产"，正如埃塞克斯告诉伯利，"那片清清白白、面积广阔、土壤肥沃的土地"，划归皇室名下。

女王宁愿用回报更加可观的方式慷慨解囊。她把进口甜葡萄酒的关税权卖给了埃塞克斯，为期数年。在这段时间内，他可以无限度地从中获利。通过这种方式，牺牲了公众利益，埃塞克斯赚到了一大笔钱。但到这一权利行将期满，他又被告知，他可能会继续享有这一权利，也可能不再拥有，全看女王心意。

他用了无数言语来表达他的敬仰、他的崇拜、他的爱。最后这个简单的单词是如此强烈，又如此暧昧，被他始终挂在嘴边，同时也出现在每一封信当中。那些优雅、激烈又不失得体的信，以僵硬、清秀的字体写就，用丝带扎起，曾被伊丽莎白纤长的手指解开，时至今日依然留存于世。她读着他的信，听着他的表白，内心无比满足。这种满足非比寻常，前所未有，以至于某一天，当她得知他结婚的消息时，她的怒火仅仅持续了两个星期。埃塞克斯的选择是无懈可击的，他的新娘是菲利普·锡德尼爵士的遗孀，弗朗西斯·沃尔辛厄姆爵士的女儿。这一年他 23 岁，仪表堂堂、精力充沛，拥有可以世代承袭的伯爵封号，即使是伊丽莎白也不能公开表示反对。她立即暴跳如雷，不过很快，她便想起自己同她的仆人之间的关系是独一无二的，不可能因为徒劳无益的家庭生活折损半分。这位迷人的新郎依旧会以似火的热情追求她、满足她。她想到，身为女王，她无须理会自己的宠儿是否已有家室。

很快便有一个机会可以证明，身为伊丽莎白的宠儿，他不仅负责博她一笑，同时也可以承担公开的职责。法国的亨利四世在天主教联盟和西班牙人的夹击下难以招架，于是紧急向英格兰求援。伊丽莎白犹豫了几个月，最终才下定决心，必须对亨利施以援手，但也只能以最低成本进行。她同意派遣一支 4000 人的军队到诺曼底，与胡格诺派一同作战。而埃塞克斯，先前他曾极力说服女王做出这一决定，现在又恳求她同意由他率领这支部队。女王三度拒绝了他的请求。最后一次，他在她面前一连跪了两个多小时，她依然拒绝，但后来又突然同意了。埃塞克斯兴高采烈地领命出发，但他很快发觉，想要带兵打仗，即便是一支最不起眼的军队，光靠所谓骑士精神也远远不够。在 1591 年的秋冬时节，重重困难与困扰向他涌来。而他偏偏又是个容易急躁、行事草率，并且粗枝大叶的人。他曾一度脱离大军，仅率领一支护卫队穿越敌占区，前去跟法国国王商讨围攻鲁昂的事宜，在归来时几乎被天主教联盟的部队截杀。议会从英国寄来书信，指责他无谓的冒险行为，"像普通士兵一样拖着长矛，在充满敌人的区域随意游荡"。女王也寄来几封饱含怒火的信，前线的一切都令她恼火。她怀疑埃塞克斯缺乏领兵作战的能力，怀疑法国国王偷奸耍诈，她打算让英格兰军队赶紧撤兵回家。如同远征葡萄牙一役，事实再一次证明，对外战争是一桩无趣且无益的事业。在一次小规模的战斗中，埃塞克斯失去了他最爱的一个兄弟，女王的犀利言辞压得他喘不过气，他的军队因战死和逃跑已经减少到仅剩1000人。英格兰人在鲁昂靠着鲁莽的勇气勉力支撑，然而随着帕尔马亲王从尼德兰率军袭来，亨利不得不放弃围攻计划。这个可怜的年轻人还染上了疟疾，于是彻底泄了气。"无助和悲哀，"埃塞克斯对女王说，"让我的心和我的智慧都已崩溃。""我希望，"他在给一位朋友的信里写道，"我能够赶紧摆脱囚牢，这个囚牢便是我的生命。"然而，他的崇高精神很快支撑着他重新振作起来，他的声誉借由一腔孤勇得到恢复。他要求和鲁昂总督单挑决斗，这是他唯一的办法，并赢得了普遍的赞誉。不过女王却和众人的观点有所不同，她认为鲁昂总督只是个叛徒，以埃塞克斯的身份，跟这样的人单挑反倒不成体统。但对于埃塞克斯来说，无论远征结果如何，他的浪漫戏份总要演绎到底，因而即便到了返回英格兰的时刻，他也要以古老骑士精神的姿态给这次行动做个了结。在登船离开之前，他站在法国的海岸上，庄严地拔出自己的佩剑，亲吻了剑的锋刃。

第五章　新旧党派阵营

青春韶光已然将尽。到这个时间，差不多 25 岁的年纪，大多数男子都已完全成熟。埃塞克斯将他的稚气保留到了最后，但也无法躲过岁月的无情流转。一个新的属于成年男人的危险与严肃的场景，正在他面前展开。

一个家族主宰着整个国家的全盘大局，这种情况在英国历史上并非个例。伯利勋爵威廉·塞西尔自女王即位便担任首相一职，现在他已年过七旬，时日无多，谁能来接替他呢？他希望自己的小儿子罗伯特可以胜任，他正是抱着这个目的培养他的。这个体弱多病、身材矮小的男孩自幼受到了家庭教师的精心指导，曾前往欧陆各国游历，随后进入下议院，也曾获得不少磨炼外交技艺的机会。最后在一个合适的时机，他被引荐到女王面前。伊丽莎白向来目光敏锐，她并未受出身或地位等因素的影响，而是看出这个驼背年轻人身上的确具有出众的才能。1590 年，当沃尔辛厄姆去世，她便把他的职责交给了罗伯特·塞西尔爵士，这个 27 岁的年轻人实际上成了她的主要秘书，尽管名义上还并非如此。头衔与相应的薪资还要留待日后，因为她对他并不能完全放心。伯利对此很满意，他的努力开花结果，他的儿子已经坚实地踏上了权力之路。

但伯利夫人有个姐妹，这位姐妹有两个儿子——安东尼·培根和弗朗西斯·培根。他们比表弟年长几岁，也和他一样心思细腻、颇具才华，而且野心勃勃。这兄弟二人从一开始便被寄予厚望，他们的父亲曾担任掌玺大臣——法律界的领袖，而他们的姨父更是全英格兰最重要的人物之一，地位仅在女王之下。然而他们的父亲过早去世，只留给两个年纪尚轻的儿子一笔微薄的财产。而他们的姨父，尽管大权在握，但似乎无意考虑他们的才能以及他们之间的亲戚关系。伯利姨父不愿为两个外甥铺平道路，为何如此？对安东尼和弗朗西斯来说，答案很简单：他们是罗伯特平步青云的牺牲品。老头子嫉妒他们，也害怕他们，让他们被埋没，相当于为罗伯特解决了两个棘手的竞争对手。但这种考量究竟到了怎样的地步，显然只有伯利自己才清楚。毫无疑问，此人颇有心机。但或许他的影响力并非总是像表面看上去那般深远，况且，他也许只是发自内心地无法信任这两个外甥特异的性情。但无论真实原因是什么，严重的隔阂已经形成。表面上的尊敬与和气当然依旧保持，但培根家族的痛苦失意很快转变成深深的敌意，而塞西尔家族这边则变得越发多疑，心怀不安。最终，培根家族决定放弃一个无法为己所用的糟糕的姨父，转投其他阵营，希望得到真正的赏识。他们环视四周，很快发现埃塞克斯是最理想的选择。这位伯爵年轻、活跃、易受影响，他已经拥有了极其有利的地位，而那更高级的冠冕——至高的政治权势——似乎唾手可得。他们有意愿，也有能力帮助埃塞克斯迈出这伟大的一小步。他们的姨父年事已高，而那位表弟纵然心思缜密，但也比不上兄弟俩合力的智慧。他们希望向这对曾想将他们排挤掉队的父子表明，过于贪婪绝非好事，而且跟自己的穷亲戚闹掰有时并不明智。

至少安东尼有这样的心思，这个早早便罹患痛风，身体衰弱的年轻人很容易动怒，遇事不肯变通，但弗朗西斯的想法肯定更加复杂。在他令人惊讶的头脑中，莫测的深谷与虚伪的浅滩以奇异的方式组合在一起，令好奇的旁观者感到困惑。人们曾不止一次把弗朗西斯·培根的古怪禀赋描述为"对立统一"。但实际上，这种描述对于他这样一个最不寻常的人物非常不恰当。他的精神世界并不是几个对立面的拼接组合，而是通过大量性质迥异的元素熔铸而成。他不是条纹饰带，而是闪光的绸缎。超然的心智、强烈的自尊、敏感的性情、蓬勃的野心，再加上绝对一流的品位，这些品质交织、混合、碰撞在一处，令他神秘的精神世界涂上了一层如蛇一般微妙而闪亮的外表。而蛇也确实很可能成为他为自己选择的象征物——机警、曲折、危险的生物，神秘而美丽的大地之子。一旦音乐响起，大蛇倏然直立而起，胀大脖颈，侧头听辨，在狂喜中摇摆。即便如此，在一些重要宣判、一些需要调动极高智力的场合的中途，这位贤明的大法官也可能会被纯粹美学风格的事物吸引，满心愉悦，屏住呼吸。作为真正的文艺复兴之子，弗朗西斯的多重性不仅仅体现在他心智上的成就，也在于他的生活本身。他的思想可能会在虚空与理论世界中尽享愉悦，但对他来说，世俗生活的各种气息同样重要。高尚生活的堂皇、宫廷权谋的复杂、听差仆从的周到，都如同构成彩色玻璃的小小色块，散发着不可取代的光芒。像这个时代所有伟大的思想家一样，弗朗西斯是一位天生的、深刻的艺术家。正是这种审美特质，一方面孕育了他的哲学观念的宏大，另一方面也令他成为世所罕见的语言大师。然而，他的艺术特质又是极其特殊的：他既不是科学家，也不是诗人。数学之美与他无关，而当时所有重大的科学发现也都不曾引起他的兴趣。在文学方面，尽管风格多变，但他的天赋主要体现在散文一隅。智力，而非情感，是他写就这些华美而富于启迪的篇章的素材。智力！这是他所有精神变动的共同因素，是他这条绮丽的大蛇的骨架。

生活在这样的世界上，必定处处是陷阱。愚蠢是危险的，聪明同样可能致命，对别人致命，对自己也是如此。"天资愚钝是件好事，很多人并不知晓这一点。"聪明而富有德行的马勒泽布如是说。而这正是《学术的进展》的作者的知识盲区之一。弗朗西斯·培根完全无法想象头脑简单会有什么好处。他完全被智性的乐趣吸引，无法抗拒，必须时刻紧随它的脚步。通过思考驱动行动，再由这样的行动不断向前，因为他是个聪明绝顶之人。人能够在行动中时刻保持头脑清醒吗？完全可以，因为尽管人类环境通常都是充满暴力与混乱的混合体，但只要一个人运用他的智慧，就一定能够找到符合理智的行动路径。这位机警的艺术家便是这样想的，他面带微笑，试图通过他犀利的思维刀锋剖开激情与事实的混沌。然而身处这样的环境，刀锋在手显然是致命的，一旦手滑，他很可能会割破自己的喉咙。

悲惨的结局无疑赋予我们对于人物及其生活的后见之明。但结局往往隐含在开端之中，是先天特质的必然结果。令培根能够写就一手优美文章的天赋，却也使得他在世俗与精神上招致毁灭。这样的人物倘若做不成诗人，可能就一定会成为麻烦。他的想象力纵然丰富，却不得要领，无法看透事情的本质。不仅如此，他对自己的内心也无法掌握。他的心思敏捷总是不幸地指向外部，从未揭示自己欲求的本质。他从没想到，自己也是个饱受世俗羁绊的凡夫俗子。因此，他的悲剧同时也是一出苦涩的讽刺剧，饱含深切的悲哀。人们往往不忍审视这个具有无比精巧的智慧，最终却被束缚并扼杀在自己编织的罗网之中的不自觉的叛国者、心高气傲的谄媚者的可悲命运。"尽管我们的目光可及天堂，但我们的精神却蜗居于秉性与习俗的洞穴之中，令我们的生活充满无限的错误和虚妄的见解。"他如是写道。也许最终，他真的践行了这样的命运，一个失意的、颓丧的、孤独的老人，在高门山上，用雪填塞一只死鸡。

但这一切，在16世纪90年代的繁荣岁月时期仍然遥不可及，因为当时一切都令人兴奋，充满可能。罗利的丑闻及其入狱让形势大大简化，他与宫廷女官伊丽莎白·思罗格莫顿的私情令女王大为光火。这一状况使得对立两派的障碍被完全扫除：由埃塞克斯及其追随者组成的新党，咄咄逼人的冒险者阵营，以及由塞西尔家族主持的旧党，盘踞在旧势力的堡垒之中。这便是16世纪末政治形势的核心，但这一形势因当时特有的虚与委蛇和相互攻讦而变得复杂而混乱。当时实际上尚未形成政党制度，今天泾渭分明的执政党与反对党阵营，当时却可能在竞逐权力的过程中并肩作战。当1593年年初埃塞克斯在枢密院宣誓就职，他实际上成了自己政敌的同僚。在枢密院中选择顾问的权力掌握在女王手中。她会一会儿听听这个人的意见，一会儿再听听另一个。根据顾问的意见，她可能会掉转船头，采取与先前完全相悖的政策，这个政府体系完全依照她的心意运作。因此，她可以充分享受统治的乐趣，可以利用大量权力促成重大事件的发生。而且正是利用这种方式，她可以始终保持两派平衡，从而无限延长自己的权力使用期限。仆人们为了权力争得头破血流，但终究都是她的仆人。彼此之间深深的敌意导致他们一定会为女王恪尽职守。暂时卸任的情况是不存在的，一个人要么在职，要么彻底出局。出局可能意味着死亡，但是在死亡到来之前，危险的敌人们——一个人的成功便意味着另一个人的毁灭——却每天都要在枢密院的桌前、在宫廷狭小的核心圈碰面，共商国是。

在培根家族的支持下，埃塞克斯的地位迅速提升，从女王的宠儿成长为一名大臣、一位政治家。这个年轻人终于开始认真经营自己了。枢密院的会议，他从不缺席。在上议院会议期间，每天早上7点，他就会出现在自己的座位上。但他的主要活动是在其他地方进行的——埃塞克斯府邸的镶板走廊和挂毯内室——那座位于斯特兰德大街、可以俯瞰泰晤士河的哥特式家族豪宅。安东尼·培根寓居于此，脚上裹着温暖的法兰绒毯子，总在奋笔疾书。就在这里，一个大计划被商定并付诸实施。塞西尔家族将在他们的"主场"被击败。伯利已经把持外交事务整整一代人的时间，而控制权将从他们手中被夺走。埃塞克斯阵营打算找出塞西尔方面提供的信息的不足，进而推翻相关的外交政策。安东尼有足够的信心实现这一计划。他在欧洲大陆旅行多年，很多地方都有他的朋友，他以极其敏锐、不知疲倦的头脑研究了各国的情况，以及它们之间错综复杂的外交关系。如果他的知识与智慧能够得到埃塞克斯的财富与地位的支撑，他们之间的合作将无往不利。埃塞克斯没有犹豫，他以全部热情投入这个计划当中。一场大规模的通信交流开始了。在埃塞克斯的资助下，使者被派往欧洲各地，信件纷至沓来，从苏格兰、法国、荷兰、意大利、西班牙、波西米亚，每天都有关于大人物的言论、军队动向以及国际阴谋复杂走向的详尽报告。安东尼·培根是整个计划的大脑，负责接收、消化、交换各路信息。工作越来越多，不久之后，他只能雇用四位年轻的秘书协助他进行，其中包括心思机敏的亨利·沃顿以及愤世嫉俗的亨利·卡夫。女王很快察觉，在讨论外交事务时，埃塞克斯总是游刃有余。她阅读了他提交的备忘录，听取了他的建议。而塞西尔家族方面则不止一次发觉，他们精心收集的情报被束之高阁。最终出现了一个奇怪的局面——充分体现了那个时代两面性的特点——埃塞克斯几乎替代了外交大臣的地位。被派遣到各国的大使，譬如托马斯·博德利，在与伯利进行例行通信的同时，也会向安东尼·培根发出内容相同且包含更多机密信息的报告。如果说这个计划对国家利益的帮助尚且存疑，那么它对于埃塞克斯的助益则显而易见。当塞西尔家族逐渐厘清状况后，他们意识到必须严肃考虑斯特兰德大街府邸中发生的事情了。

弗朗西斯·培根与埃塞克斯的关系并不如他哥哥这般密切。

作为一名大律师和下院议员，他有自己的事业，他的闲暇时光则被文学创作和哲学思考占据。不过，他仍与埃塞克斯府邸关系匪浅。埃塞克斯是他的主要赞助人，一旦有需要，他也会提供帮助或提供建议，或起草政府文件，抑或是创作一些辞藻华丽的赞美文字、伊丽莎白时代的谜语，供女王消遣。埃塞克斯比弗朗西斯年轻7岁，从两人第一次见面起，他便折服于弗朗西斯的智性魅力。他热情的天性无比欢迎弗朗西斯难于掩抑的才华和深邃玄妙的智慧。他认为自己见到的是一位不世出的伟大人物。他发誓，这样出众的人物愿意慷慨地为自己提供帮助，理应得到能与此相匹配的回报。当总检察长之位出现空缺，埃塞克斯立即提议应由弗朗西斯接任。的确，弗朗西斯资历尚浅，在司法领域并未取得太多成绩，但那又如何？以他的才华，胜任更高的职位也绰绰有余，女王可以任命任何她想任命的人。况且，以埃塞克斯的影响力，再加上弗朗西斯自身的能力，拿下这个职位应该希望很大。

总检察长之位确实是一份不错的犒赏，而在埃塞克斯的帮助下坐上这个位置也会让伯利的外甥感到一种特殊的满足——用不着依靠姨父，他也能获得荣誉。弗朗西斯面露微笑，他看到自己的远大前程正徐徐展开——法官、政府大员——难道他不会像自己的父亲一样，在不久之后担负起掌管国玺的责任吗？贵族封号也该是他的囊中之物！韦鲁勒姆、圣奥尔本斯、戈尔汉伯里——他该接受哪一个呢？"我的戈尔汉伯里庄园"——这几个字在他心中不停跃动。接着，他那变幻莫测的思想又指向了新的方向，他知道自己拥有非凡的管理才能，他可以为这个国家掌舵，让世界知道他的价值。但是，这样的事业也不足挂齿，他这样的人物，难道不应该肩负起更加伟大的使命吗？利用他的地位与权力传播学问，构建一种全新的、强大的知识体系，创造巨大的利益，造福全人类……这些才是真正光荣的目标！至于他自己——他的思想又换了方向——这份工作无疑将为他铺平道路。现在的他苦于囊中羞涩，他的生活很奢侈，他深知这一点，但无能为力。他不可能因为狭隘的经济考虑就选择一种清贫寡淡的生活，他旺盛的激情需要有充足的物质享受来慰藉。精美的服饰是必需品，同样必要的还有音乐，以及足够体面的起居日常。他的感官非常敏锐，普通皮革的气味对他而言是一种煎熬，所以他的仆人都必须穿西班牙皮靴。他为一种淡啤大费周章，只因唯有这种啤酒方能符合他的口味。他的双眸，那双美妙的、活跃的淡褐色眼睛"如毒蛇一般"——威廉·哈维指出——需要有源源不断的美丽事物予以滋养。总有一群英俊的年轻男子——现在只剩下名字，一个叫琼斯，一个叫珀西——围绕在他的身边，半是仆人，半是伴侣，他在与他们的暧昧关系中获得了一种意想不到的满足。然而，这些伙伴同样精致的生活令他的开销变得惊人。他此时债台高筑，而债权人越发不满。毫无疑问，能在这个时刻得到总检察长之位，从任何角度看来都是绝对的好运。

埃塞克斯起初认为让弗朗西斯获得任命不会有什么障碍。感觉女王情绪不错，他便提出了弗朗西斯的名字，但立刻发现了一个严重的问题。不幸的是，在几周前下院的一次会议中，弗朗西斯曾提议反对女王的一项征税要求。他宣称这笔税赋过重，而且征收时间太短。上院插手干预，试图与下院一同举行会议，但弗朗西斯又在下院会议中指出，允许上院参与财政问题的讨论是极其危险的。于是上院的提议只能作罢。伊丽莎白对此非常不满，在她看来，区区一个下院议员干涉这样一个问题，无异于不忠，她坚决不会让弗朗西斯这个人出现在自己面前。埃塞克斯想缓和两人的关系，但徒劳无功。她认为弗朗西斯的道歉并不诚恳，他还在为自己辩解，说自己所做的一切只是责任使然。实际上，弗朗西斯这次的做法是极富独立精神的，但这也是他最后一次如此行事。他反对税赋提议的演讲非常高明，但如果不发表这样的演讲或许更高明。他再也无法以如此巧妙的方式独立于宫廷了。眼下的形势显而易见。埃塞克斯越是坚持举荐他，女王便越是反对。她说，弗朗西斯这个人经验太少，只会纸上谈兵，而爱德华·科克才是更理想的律师。几周过去了，几个月过去了，总检察长之位依旧空缺，而人类知识图景大幅革新的希望则在堆积如山的账单之下，变得越发渺茫。

埃塞克斯依旧信心满满。但弗朗西斯意识到，如果再拖延下去，他自己的生活将难以为继。他开始筹措资金，安东尼卖掉了自己名下的一处地产，并把收益给了他。他自己也打算卖地换钱，但他只有一处地产可卖，而且还需要经过母亲的同意。培根家的老夫人是个可怕的孀居贵妇，住在乡下，生活俭省，道德要求极高。她坚决反对弗朗西斯的打算。尽管如此，但她还是觉得最好不要直接表达自己的意愿。她的小儿子显然具有一些特质，让这样一位母亲在可能惹他发脾气之前也要三思而后行。在这种情况下，她更愿意向安东尼倾诉，在大儿子不那么让人不安的目光下吐露自己的苦恼，并希望他能够部分地代为转达。当兄弟俩向她提起土地的事情时，老夫人怒火中烧。她立刻给安东尼写了一封冗长、蹩脚且满纸愤慨的信。她说，她清楚他们要求她同意出售地产，只是为了给弗朗西斯和他那些不清不楚的仆从们的奢侈生活买单。"当然，"她写道，"我爱惜你弟弟，可他自己都不爱惜自己，还是像我之前就说过的那样，继续养着那个该死的珀西，跟他一起游玩，一起睡觉。那家伙无礼、下流，还相当费钱。我真担心上帝也会讨厌你弟弟，不愿再保佑他的前途和其他方面的顺遂，当然我对他已经失望透了……那个琼斯从来都没喜欢过你弟弟，他只是为了享乐才靠着你弟弟生活，而且满嘴跑火车，还不知感恩……反正在那个流里流气的恩尼和他那些威尔士老乡冒出来——一个接一个，这些人看准机会就会蜂拥而来——之前，你弟弟还是个体面的年轻绅士，是个大有前途、心思虔诚的好儿子。"在这样一番牢骚过后，她宣称，她可以放弃那处地产，但条件是弗朗西斯必须列出自己全部的债务清单，并由她决定如何处理这些债务。"因为我不想，"老夫人最后总结，"让那些引诱者、撒旦的同伙以他的名义犯下肮脏的罪行，辱没上帝和他的敬畏之心。"

当这封信被转交给弗朗西斯后，他写了一封言辞繁复的回信，同时表达了抗议与和解的意愿。收到回信的老夫人怒气冲冲地把它转寄给安东尼。"我把你弟弟的信寄给你，你给我解释一下，我看不懂他写的这些拐弯抹角的东西。"她继续写道，她的小儿子拥有"极高的智慧与理解天赋。但对于赐予他这些天赋的上帝，我希望并衷心祈祷，保佑他心地纯良，把这些天赋用在正道上，令荣耀归于上帝，令他自己内心安宁"。老夫人的祈祷一如世间所有母亲的祈祷，得到的只有充满讽刺的回应。至于土地，老夫人发觉，自己终究拗不过两个儿子。她无条件地妥协了，而弗朗西斯则暂时摆脱窘境。

与此同时，埃塞克斯仍不死心。"我不知道，"安东尼在给母亲的信中写道，"我们兄弟两个该如何回报伯爵大人的知遇之恩。他现在正在为我们的事情奔走，并且遇到了难关，但我相信在上帝的保佑下，事情很快就能峰回路转。"在几次漫长的谈话中，埃塞克斯一直在劝说伊丽莎白尽快按照他的想法做出任命。每当谈话结束，他都会写信给两兄弟中的一个或二人告知谈话结果。但"峰回路转"的时刻迟迟没有来到。总检察长的职位在1593年4月便空了出来，但直到冬天将至，任命的决定仍悬而未决。很明显，女王又在采取她的拖延战术。在和埃塞克斯反复主张他朋友的任命资格的周旋过程中，她始终游刃有余。她提出种种疑问与诘难，对于埃塞克斯的回应也能见招拆招。在某些时刻，她会表现得很犹豫，仿佛马上就要做出决定，但接着又会以一些鸡毛蒜皮的理由将决定的时刻一拖再拖，软硬兼施，如同跳舞一般抽身而去。埃塞克斯不肯相信自己会失败，有时他会在女王面前情绪失控，而这正中她的下怀。她会用玩笑话刺伤他的自尊，愉快地看着恼怒的泪水溢出年轻男人的眼眶。总检察长之位与弗朗西斯的命运，已经与女王神秘的情欲之网纠缠在一起。有时，打情骂俏的趣味会被血气方刚的激情压倒。在那个冬天，埃塞克斯不止一次负气出走，在没有任何通知的情况下在宫廷中消失。忧郁与空虚笼罩着伊丽莎白，她无法掩饰自己因为失去玩伴而导致的情绪波动。接着埃塞克斯便会回来，领受女王轻蔑的责备与高调的誓言。

他们的争吵往往短暂，和解却很愉快。在主显节前夜，白厅准备了戏剧演出和舞会。女王端坐在高大奢华的宝座之上，欣赏着这一切，而埃塞克斯就站在她身边。"她时不时跟他交头接耳，颇为亲昵。"宫中老臣安东尼·斯坦顿在一封流传下来的信中描述了当时的情景。这是一个宁静祥和的时刻：在珠光宝气、流光溢彩当中，这位不可思议的女王，尽管年逾六旬，却依旧闪耀着近乎少女的光彩。这奇迹是由她身边的骑士创造的，正是他将漫长时光的无情磨砺化作转瞬即逝的荒诞不经。廷臣们都欣悦地注视着她，不曾感到一丝违和。"在我这双老眼看来，"安东尼·斯坦顿继续写道，"她跟我最初看到的时候一样魅力非凡。"

对于这样一个夜晚的骑士，可有奖赏是他无从企及的？如果他决心为弗朗西斯谋求这个职位，问题应该不大。做决定的时刻越发迫近，伯利恳求女王不要再犹豫了，他提议应该让爱德华·科克出任这个职位。塞西尔家族相信女王会这样做。在一次乘车出游期间，罗伯特曾告诉埃塞克斯，女王在一周内就会做出任命。"请问阁下，"罗伯特接着问道，"您觉得女王陛下会选择谁呢？"埃塞克斯回答，罗伯特爵士一定清楚，他支持的是弗朗西斯。"老天！"罗伯特故作惊讶，"我不明白您为何执意如此。倘若阁下为那个弗朗西斯争取的是法务官之类的职务，女王陛下想必也无须如此为难。"这时，埃塞克斯突然发起火来。"别跟我阴阳怪气，"他大声说道，"我一定要让弗朗西斯当上总检察长。为此我会倾尽所有，用上一切力量为他争取。无论是谁，只要他敢打这个职位的主意，不必等到真的得逞，我就会让他付出代价。罗伯特爵士，请您放心，我已经摊牌了。至于你们，罗伯特爵士，我也不明白，财务大臣与您为何会放弃自己的同胞血亲，反而给一个陌生人铺路架桥。"罗伯特爵士没有回应，马车带着两位剑拔弩张的权贵继续前行。从那以后，双方不再遮遮掩掩，水火不容的对峙摆上了台面，爱德华·科克与弗朗西斯·培根的对决成了他们的第一次正面较量。

然而伊丽莎白的态度却变得比以往任何时刻都暧昧不明。又过了一周，没有任何迹象表明她会做出任命的决定。她本来就讨厌对任何问题做任何决定。她先是在汉普顿宫精神涣散地消磨时光，随后决定自己要去温莎，但很快又推翻了这个决定。她每天都在改变主意，甚至无法决定自己该待在哪里。整个宫廷都为此苦不堪言，心神不宁。负责运送皇家物品的马车夫三度被召唤，很快又被打发走。"我弄明白了，"他说，"这女王陛下跟我老婆差不多，婆婆妈妈的。"女王碰巧站在窗前，听到了他的牢骚，大笑起来。"这混账！"她骂道，派人给他送去3枚金币，让他闭嘴。最终她到底做了决定——搬去了无双宫。又过了几周，到1594年的复活节，她突然宣布任命爱德华·科克为总检察长。

这个结果对埃塞克斯和所有"新党"成员都是个不小的打击，他们向塞西尔家族发起正面挑战，结果后者大获全胜。埃塞克斯受到的宠幸显然是有限的。但对弗朗西斯而言，他仍有机会挽回局面，科克成为总检察长，首席法务官的职位便空了出来，弗朗西斯显然是理想人选。塞西尔家族也默许了，埃塞克斯觉得这次应该板上钉钉。他立刻拜见女王，结果又遭到一盆冷水。女王陛下非常决绝，她表示自己反对弗朗西斯就职，因为推荐他的只有埃塞克斯和伯利两人。这个理由多少有些牵强。埃塞克斯不肯放弃，继续争辩，直到女王发火。"在盛怒之下，"埃塞克斯在随后寄给一位朋友的信中写道，"她说如果我没有别的事了，就赶紧回家睡觉。我也很生气，只好退下。走之前我对她说，如果跟她在一起，我免不了要为自己的朋友求情，所以我恳请告退，直到女王陛下愿意好好听我说话。就这样，我们不再见面了。"于是，关于弗朗西斯·培根前途的又一场奇怪较量开始了。伊丽莎白用了将近一年时间拖延有关总检察长任命的决定，那么对于首席法务官的人选，她也会拖延这么久吗？她是否会重复之前摇摆不定的做法，让身边人继续无限期地处在这种痛苦的悬而未决之中？

显然，她太有可能这样做了。首席法务官之职一直空缺了18个月之久。在这段时间里，埃塞克斯从未放弃尝试，他一有机会就跟女王求情。他写信给掌玺大臣帕克林，让他替弗朗西斯·培根多多美言，他甚至求到了罗伯特·塞西尔爵士头上。"鉴于你枢密院顾问的身份，我写信给你，"他在给罗伯特的信中写道：

"我认为自女王陛下登基以来，她还不曾拥有过这样一位才华横溢、能力出众的臣仆，来为她的荣光与伟大效力，只要她愿意任命于他。"老安东尼·斯坦顿对埃塞克斯的执着感到惊讶，他原本以为这位大人意志薄弱，"必须有人扯着耳朵，就像那些学'哆来咪'的小孩一样"，可现在他却看到，即便无人敦促，埃塞克斯也有决心迎难而上。然而另一方面，在培根老夫人——她在戈尔汉伯里大发雷霆——看来，"埃塞克斯把一切都搞砸了"。她认为，女王陛下只是因为想唱反调，才故意忽视弗朗西斯的价值。也许事实正是如此，但有谁清楚究竟该如何才能说服伊丽莎白女王呢？她似乎不止一次就要同意她的宠臣的提议了。有一次，福尔克·格雷维尔觐见女王，当他找机会为自己的朋友说话时，女王"非常亲切"。格雷维尔立刻开始列举弗朗西斯的种种优点。"没错，"女王陛下说，"这个人可以好好调教。"这个说法也许很奇怪，它难道不是对那些难以驯服的烈马的评价吗？但格雷维尔为女王的慈祥态度折服，几乎没有怀疑地认为一切都进展顺利。"我敢下 100 镑，跟你赌 50 镑，"他写信给弗朗西斯，"你就要成为女王的首席法务官了。"

就在朋友们精力充沛地四处奔走之时，弗朗西斯本人却深陷精神紧张的泥潭。长期的压力让他敏感的个性不堪重负，一连几个月的拖延令他濒于绝望。他的兄长和母亲也是如此，两人以不同方式表达了自己的不安。在安东尼试图通过撰写大量书信来压抑自己的情感之时，培根老夫人却毫不掩抑自己的恼火，令周围的人倍感压力。安东尼的一个仆人当时在戈尔汉伯里帮忙，他在信里向主人讲述了一条灰猎犬的悲惨遭遇。这条猎犬是他带去庄园的，"老夫人一看到它，就让人传话给我说，这狗应该绞死"。这位仆人犹豫不决，但"后来她又告诉我，如果不把狗弄走，她就没法睡觉，所以我只好照办了"。结果出人意料的是，"她为此大发雷霆，说我脑子不好，让我哪儿来的回哪儿去，去给自己的主子添麻烦，不要来烦她。……老夫人到现在都不肯再跟我说话。我从没有冒犯她，惹她生气，但没有一个人能跟她长时间相处还让她满意"。不过，这个摸不到头脑的男仆倒还是找到了让自己心安的想法。"那条狗，"他接着写，"我也觉得不咋好使，否则我也不会弄死它。"在心平气和的时候，老夫人还是试图让两个儿子把注意力从世俗之事上移开。"我很遗憾，"她在给安东尼的信里写道，"你弟弟的内心充满忧愁，这妨碍了他的健康。大家都说他日渐消瘦，脸色也不好。你应该劝劝他，让他多多仰望上帝，聆听他的话语，多读《圣经》，向他寻求启示，不要总听那些杂七杂八的人的话。"

但母亲的建议并未被采纳，弗朗西斯宁愿自寻道路。他献给女王一件华丽的珠宝，女王拒绝了，尽管说得很委婉。他让女王知道自己想出国周游一番，但女王相当严厉地禁止了这个计划。他的神经受不了这样的折腾，结果做出了不少轻率、愚蠢的举动。他给掌玺大臣帕克林寄去了一封言辞激烈的抗议书，认为帕克林已经抛弃了他。他还写信攻击表弟罗伯特，阴阳怪气如同一只母猫："我向您保证，爵爷大人，我有一位聪明的朋友，他从未对您心存偏见。这位朋友肯定地告诉我，阁下已经被考文垂先生用

2000枚金币收买……他还说，通过您的仆人，您的夫人，还有一些知情的律师那里，他了解到，您在暗地里对我用了手段。当然，对于这些传言，我本人自然是一个字也不信的。"任命依然悬而未决，但弗朗西斯已经开始自暴自弃，到头来，还得靠毛毛躁躁的埃塞克斯替这位众所周知的聪明人打圆场。

1595年10月，弗莱明先生被任命为首席法务官，这场长达两年半的挣扎终于告一段落。埃塞克斯失败了，双重的失败，败在他认为自己万无一失的事情上。他的声望大大受损，但他是个仗义的人物，首先考虑到的是自己曾经满怀希望的朋友，也许是由于自己的过于自信和判断失误，这位朋友才落入了困境。任命一下来，他就去拜访了弗朗西斯·培根。"培根先生，"他说，"女王不肯把那职务给你，而且已经给了别人。我知道这种事情你不会放在心上，但你选我做了帮手和依靠，结果却落到这般田地，你还为我的事花了那么多时间和精力。如果我不对你有所表示，我简直不配做人：我要给你一处地产，请不要拒绝。"弗朗西斯起先是拒绝的，但他很快接受了。埃塞克斯履行了承诺，后来弗朗西斯以1800镑，相当于我们今天10000英镑的价格把那处地产卖掉了。

也许总的来看，能从这场纷争中全身而退，对弗朗西斯倒是好事，他完全有可能走向更悲惨的命运。在那个瞬息万变的世界里，女王只要随手一指，某个人便有可能粉身碎骨。在一众朝臣与治国理政的堂皇表象之下，尔虞我诈、党同伐异、你死我活的暗流时时涌动。一个人纵然一辈子怀才不遇，也要好过安东尼·培根的门生布斯先生的命运。这位先生莫名其妙地被大法官法庭判处巨额罚金，面临牢狱之灾，还要被割掉双耳。没有人相信布斯先生罪有应得，但确实有几个人希望这样惩罚他，而通过安东尼的书信我们也能看到，这桩卑鄙可耻且不足挂齿的阴谋，恰恰是与争夺国家司法部门重要职位的英勇较量同步进行的。布斯先生的朋友们当时找到宫廷女官埃德蒙兹夫人求助，提出如果能让布斯先生脱罪，他们愿意给她 100 英镑聊表谢意。埃德蒙兹夫人立刻觐见女王，刚好女王心情正佳。但遗憾的是，女王解释说，她已经把对布斯先生的罚金赏给了皇家马厩的管事——"一个跟了我那么多年的老仆人"，所以罚金的事是没法挽回了。"我是打算，"女王陛下说，"想个法子教训一下那个蠢货，再让他蹲几天大牢来着。不过，"她突然对埃德蒙兹夫人展现自己的慈悲，"要是你能在这里面捞点好处，我也犯不着为难他。坐牢就免了，不过耳朵嘛……"女王耸耸肩，谈话结束。埃德蒙兹夫人本来就是为了"捞点好处"而来，在得到女王慷慨的承诺之后，她坐地起价，要求得到 200 英镑。不止如此，她还威胁说既然自己有法子让布斯先生减刑，自然也有办法让他更加倒霉。她宣称自己既然能说动女王陛下，掌玺大臣帕克林自然也会让她三分。安东尼·斯坦顿认为这个女人居心叵测，提议各让半步，把酬金提高到 150 英镑。交涉的过程复杂而漫长，最终双方似乎商定，布斯先生的罚金无法免除，但只要给埃德蒙兹夫人 150 英镑，他便不必遭受牢狱之灾。这就是那个时代的黑暗：重要事务上的含混不清，到这些次级事务上同样氤氲不明，在我们徒劳地追逐伟大人物的心智之谜与王公贵族的古怪欲望的同时，布斯先生的两只耳朵的命运永远被历史尘封，下落不明。

第六章　洛佩兹医生案

　　布斯先生的案子是一出残忍的闹剧。与此同时，杰出的埃塞克斯正忙于其他事务——他在女王御前的地位、总检察长的职位、英格兰的外交政策，很难让他分心为自己盟友的门生考虑。然而，还有另一桩犯罪事件，尽管当事人并不显贵，却具有更加可怕的意义。它的恶名迅速传播，以至于吸引了埃塞克斯的全部注意力，这就是洛佩兹医生的可怕悲剧。

　　鲁伊·洛佩兹是个葡萄牙犹太人，由于宗教裁判所的判决，他只能背井离乡，在伊丽莎白登基之初来到英格兰，在伦敦行医为生。他的行医之路非常顺利，一度在圣巴塞洛缪医院担任内科住院医师，尽管职业成就惹人嫉妒，种族身份的阴影也未散去，但他还是在大人物当中获得了不少业务。莱斯特和沃尔辛厄姆都曾是他的病人，到了在英格兰的第17年，他来到了职业生涯的顶峰：被任命为女王的首席御医。作为一个在诸多英格兰同行中脱颖而出的犹太裔外国医生，他自然免不了招致非议。有传言说，洛佩兹医生的成就与其说是凭借他的医术，倒不如说是因为他善于溜须拍马、自我吹嘘。在一本主要为攻击莱斯特而编纂的小册子里，洛佩兹医生的服务也得到了"赞赏"，作者声称他曾为莱斯特炼制毒药。但洛佩兹医生此时得到了女王的恩宠，这些攻击都可以忽略不计。在 1593 年 10 月，他是个富裕的老人，一位执业行医的基督徒，有一个在温切斯特的儿子、一栋在霍尔本的宅子，生活无虞，受人尊敬。

他的一位同胞——葡萄牙王位觊觎者堂·安东尼奥，此时也住在英格兰。自从四年前远征里斯本却铩羽而归之后，这个不幸的人很快声名狼藉，陷入贫困。妄称自己在葡萄牙民众当中卓有声望，令他在女王面前不名一文。他带到英格兰的珍宝家当只能逐一变卖，他带来的随从每天都饥肠辘辘。王室许诺给他一笔微薄的年金，让他能够跟儿子堂·马诺埃尔一起在伊顿公学安身。每当女王驾临温莎，他就会像幽灵一般在宫廷附近徘徊。

但这并不意味着此人已经彻底丧失价值。在与西班牙的博弈中，他仍然可以充当一枚棋子。埃塞克斯对他以礼相待，由于冲动的本性，埃塞克斯已经成为英格兰方面反西班牙的领袖。塞西尔家族总是倾向和平的，他们希望英格兰能尽快与西班牙重归于好，因为目前的战事对双方而言都是骑虎难下。这本就足以构成埃塞克斯主战的理由，但他也不仅仅是出于要跟塞西尔家族唱反调才如此主张。不安分的性格、对骑士精神的向往，让他即使没有机会也总想创造机会，来一场浪漫的冒险。唯有如此，他的英勇才能充分彰显；唯有如此，他方能赢得自己期许的荣耀。他必须有敌人：在国内——显而易见——他的敌人是塞西尔家族；在国外——毫无疑问——正是西班牙！由此，他成了伊丽莎白时期全新的爱国主义——不同于宗教或政治考量的爱国主义的焦点。

这种爱国主义是过人的胆识、充沛的自信、激昂的信念的集合体。经过了那么多年的卧薪尝胆，当硝烟散尽、风暴平息，无敌舰队的残骸漂浮在英格兰人眼前时，这种团结信念达到了顶峰。在那个时刻，全新的精神在《帖木儿大帝》雄壮的韵律中回荡，而这种精神的现实体现便是埃塞克斯。他将以坚定无疑的方式维护英格兰的伟大，彻底摧毁西班牙人的力量。在这样的事业中，任何道具都不应被忽略，即便是孑然一身的堂·安东尼奥，说不定也能派上用场。也许，谁知道呢？还会进行第二次葡萄牙远征，收获比上次更幸运的结果。费利佩国王也想到了这一步。他非常急切地想把堂·安东尼奥除掉。布鲁塞尔和埃斯库里亚尔已经先后发生了以他为目标的暗杀事件。至于那些过了很长时间苦日子的随从，纷纷被西班牙人的真金白银收买，在英格兰与佛兰德斯之间来回活动，策划阴谋。通过自己的眼线，安东尼·培根时刻保持警惕，必须确保这位葡萄牙王位觊觎者的安全。长期以来，他都只能被动等待。但突然有一天，主动出击的机会出现了。

埃塞克斯府邸收到消息，一位名叫埃斯特万·费雷拉的葡萄牙绅士，先前追随堂·安东尼奥，结果身败名裂，目前住在洛佩兹医生位于霍尔本的宅子里，正密谋报复先前的主人，并且已经投靠西班牙国王。这个消息显然是可信的，埃塞克斯很快从伊丽莎白那里获得了逮捕令。于是费雷拉被捉拿归案，尽管并没有明确的罪行指控，他被送往伊顿，由堂·安东尼奥自己看管。同时英格兰方面向莱伊、桑威奇和多佛发出指令，要求扣留并拆阅所有寄达这些港口的葡萄牙信件。得知费雷拉被逮捕的消息，洛佩兹先生立刻找到女王，恳请释放他的同胞。他说堂·安东尼奥难辞其咎，他给仆人的待遇相当差劲，他还辜负了女王陛下的深情厚谊。伊丽莎白听着他的说辞，这位医生更进一步，声称如果费雷拉能够被释放，他将竭尽所能"为两国之间的和平"提供帮助。伊丽莎白对这个提议并无兴趣。"或者，"医生继续说，"如果陛下不希望这样……"他停顿了一下，然后故作神秘地补充，"难道骗子就不会被骗吗？"伊丽莎白感到吃惊，她不明白这个人是什么意思，但他显然有些放肆。于是女王"充满厌恶和鄙夷地呵斥了他"，按照培根的说法。医生意识到自己劝说无果，只好低头退下。

两个星期后，住在霍尔本洛佩兹家宅附近的葡萄牙人戈麦斯·达维拉在桑威奇被逮捕。此人出身低微，当时正从佛兰德斯返回英格兰，结果在他身上搜出了一封葡萄牙文信件。当地官员对写信人及收信人的名字都很陌生，信的内容乍看上去是关于某桩生意，但行文疑点颇多，其中的一些用词很像是暗语。"送信人将告知阁下您的珍珠将以何种价格持有。我将即刻告知阁下它们的最高价格……此外，送信人还将告知您我们对少量麝香及琥珀的打算，这批货物我一定会购入……但在确定购买方案之前，我仍需确认具体价格，如果阁下愿意与我合作，我们定能大赚一笔。"这些话是否有隐藏的含意？戈麦斯·达维拉三缄其口。他在严密监视下被送往伦敦。到伦敦之后，他被安排受审。在一间禁闭室候审期间，他遇到了一个会讲西班牙语的绅士，戈麦斯恳求这位绅士把他被捕的消息告诉洛佩兹医生。

与此同时，费雷拉仍被囚禁在伊顿。有一天，他突然采取了一次近乎自杀的行动。他设法向碰巧来到附近的洛佩兹医生送去一张纸条，提醒医生"看在上帝的分上"阻止戈麦斯·达维拉从布鲁塞尔入境，"一旦他被抓住，医生你自己也自身难保"。当时洛佩兹还没有得知戈麦斯被捕的消息，他在一张碎纸片上写了回复，藏在一块手帕里，声称他已经"寄了两三封信去佛兰德斯，就算花300英镑也要阻止戈麦斯过来"。结果这两封信都被政府截获，阅读、抄录，并汇报到了上面。费雷拉立刻被传唤，面对自己的密信接受质问，并被告知洛佩兹医生已经出卖了他。他立刻招供，声称医生多年来一直为西班牙效力，同时指出他们的计划是收买堂·安东尼奥的继承人儿子投靠费利佩国王，医生是这宗生意的主要代理人。他还说，三年前洛佩兹从监狱里救出了一个名叫安德拉达的葡萄牙间谍，目的是把他送回西班牙，为毒死堂·安东尼奥做准备。他的供词信息过多，疑点也不少，办案人员把所有这些都记了下来，等待事态进一步发展。

同时，戈麦斯·达维拉已经被送进伦敦塔，"观摩"过了拉肢刑具。他立刻放弃抵抗，承认自己是中间人，负责身处英格兰的费雷拉和待在布鲁塞尔的另一个葡萄牙人蒂诺科之间的通信，蒂诺科也受雇于西班牙政府。他供认那封关于麝香和琥珀的信是蒂诺科寄给费雷拉的，用的都是假名字。然后审讯人员根据费雷拉的供词向戈麦斯提问，戈麦斯确认收买堂·安东尼奥儿子的计划属实。他们打算花5万克朗收买这个年轻人，信里的"麝香和琥珀"就是这桩生意的代号。轮到费雷拉受审时，他也确认了这一点。

两个月后，伯利收到了蒂诺科寄来的信。他说自己想到英格兰来，向女王提供他在布鲁塞尔了解到的很多有关英格兰的最高机密。他要求伯利为他提供安全通行证，伯利照办了。事后他声称自己是"精心考虑的"，这份通行证只允许持有者安全进入英格兰，并未提到有关离开的事宜。没过多久，蒂诺科抵达多佛，他立刻遭到逮捕，并被送往伦敦。经过搜查，办案人员在他身上发现了总额相当可观的汇票，以及佛兰德斯的西班牙总督写给费雷拉的两封信。

　　这个蒂诺科年纪不大，但阅历颇丰。多年来，他的命运与堂·安东尼奥几经离合。他曾在摩洛哥作战，被摩尔人俘虏，在经过了4年奴役之后来到英格兰，与主人重逢。然而接下来的穷困潦倒令他最终和同伴费雷拉走上了相同的道路，开始为西班牙人卖命。这样的人还能做什么呢？他们生若浮萍，被裹挟进了欧洲政治的旋涡，他们别无选择，只能随波逐流，一步步接近深渊。但对于年轻、强壮、勇敢的蒂诺科来说，背叛与危险交织的生活也许别有一番魅力，恐怖又令人兴奋。此外，命运是反复无常的，无所畏惧、不择手段的阴谋家或许总有机会博得大奖，但也难免招致厄运。

　　在他身上搜到的信同样语焉不详，并且有可能暗藏一些危险的解释。这些信被送到埃塞克斯手中，他决定亲自审问这个年轻人。审问以法语进行，蒂诺科早已准备好了一个故事，他来到英格兰，是为了向女王揭露一个妄图谋害她的耶稣会阴谋。但在埃塞克斯的盘问下，他阵脚大乱，支支吾吾，无法自圆其说。第二天，他给伯利写信，声称自己是清白的，他说自己"被埃塞克斯伯爵狡猾的提问搞晕了"，他的法语水平有限，根本搞不清楚问题是什么，也没法表达自己真正的意思，他请求返回佛兰德斯。这封信带来的唯一结果，是对他的监禁进一步升级。埃塞克斯再度提审，在他的诱导提问下，蒂诺科承认自己是奉西班牙政府之命来到英格兰的，目的是跟费雷拉见面，并一起争取洛佩兹医生，让他完成西班牙国王交代给他的任务。洛佩兹医生又出现了！在埃塞克斯看来，所有线索都指向这个犹太人。他写给费雷拉的回复表明他跟这桩阴谋绝对脱不开干系，而费雷拉本人、戈麦斯·达维拉以及现在的蒂诺科都认为医生是西班牙人计划的核心人物。这个计划，现在看来针对的是堂·安东尼奥，但真的仅此而已吗？难道这背后不会有更加可怕的目的？这件事必须追查到底。埃塞克斯前去觐见女王。1594 年 1 月 1 日，女王的首席御医洛佩兹医生被逮捕。

他被送往埃塞克斯府邸，在那里受到严密监管。他位于霍尔本的宅子被仔仔细细地搜查了一遍，然而并没有任何可疑之处。随后，伯利、罗伯特和埃塞克斯一起对他进行了审问。医生的所有回答都滴水不漏。塞西尔父子确信，埃塞克斯捅了个马蜂窝。在他们看来，这一切只是埃塞克斯的反西班牙情绪深入骨髓导致的妄想，他举目所及之处充满了间谍与阴谋，现在他又把这个可怜的犹太人当作靶子，打算发起一场荒唐的冲锋。然而洛佩兹医生多年来一直兢兢业业地为女王服务，并且对所有所谓的疑点都做出了合理的解释。他平时的声誉也足以保证对他的指控都是子虚乌有。于是审问一结束，罗伯特便跑去觐见女王，向她汇报他和他父亲都认为医生是清白的。但埃塞克斯并不死心，他仍然认为医生罪无可赦。他也去觐见女王，结果看到她和罗伯特在一起，并且情绪激动。他一露面，女王便把矛头对准了他。伊丽莎白指责他是个"轻率鲁莽的毛头小子"，对医生提出了自己无法证实的指控，而她很清楚那个可怜的人是无辜的。她对此非常不满，她认为她自己的声誉也因此受损。女王的批评劈头盖脸，埃塞克斯尽管愤愤不平，但也只能站在原地，一言不发，而罗伯特则得体地旁观着这一幕，感到心满意足。到最后，埃塞克斯以为自己终于有机会争辩几句，但他刚一开口便被女王粗暴地打断，接着就被赶出宫廷。他立刻离开王宫，匆忙地回到自己的宅子，把仆人打发到一旁，自己一个人关在房间里，愤怒而羞愧地扑倒在床上。他在房间里足足待了两天，沉默不语，生着闷气。但最后他还是走了出来，坚定的决心又回到了他的脸上。他的声誉和女王的声誉一样受到了威胁。无论如何，他都必须证明塞西尔父子是完全错误的，他必须让洛佩兹医生认罪伏法。

但蹊跷的是，尽管女王很气愤，塞西尔父子也做出了判断，但洛佩兹医生的案件并未取消。他仍被关押在埃塞克斯府邸，他和其他受到怀疑的葡萄牙人仍要接受没完没了的审查。这桩案子从那时开始进入了怪异而可憎的阶段，在昔日黑暗的人类历史中，这个阶段不可或缺，诠释着人类正义讽刺性的不屈不挠。刑法学的真正原则，直到最近两个世纪才被确立并逐步完善，对那些原则的理解，只有随着科学的发展，对实证的理解，以及有序经验及理性在人类精神习惯中的缓慢胜利才得以不断提升。人不可能绝对公正，但万事皆有程度之分。在无数个时代中，人类追求公正的活动是由恐惧、愚蠢和迷信主宰的。在伊丽莎白时代的英格兰，某些关键案件总是被一种特殊的影响力左右，这种影响力恰恰是对司法公正最大的嘲讽。但凡被控叛国（High Treason）——当时法律中最严重的指控——此人便绝无可能被宣判无罪。其中的原因很简单，但并不是为了正义，而只是一种权衡。伊丽莎白个人的安危关系到整个国家的社稷是否稳定。在她统治的最初30年，如果她丧命，将有可能导致一个天主教君主即位，这将不可避免地导致政府系统的重新洗牌，以及实际掌权者的丧命或覆灭。对于那些英格兰政府的敌人来说，这一点显而易见，他们极有可能通过这一手段实现他们的目的，这样的危险是切实的存在。谋杀那些不利于自己的君主是当时通行的做法之一。奥兰治的威廉和法国的亨利三世都被费利佩以及天主教徒成功剪除。伊丽莎白自己也曾试图——尽管确实也相当犹豫——暗杀苏格兰的玛丽，从而避免公开处决所带来的公众指摘。她个人的大胆作风增加了这种风险。她说她不可能质疑民众对自己的爱戴，想接近她并不难，她出席公开场合时警卫数量完全不够。在这种情况下，似乎只有一个办法：一切其他考量都必须以女王的生命安全为最高要求。谈论正义是徒劳的，因为正义就其本质而言便是不确定的，政府绝不可能冒任何风险。先辈的格言由此被颠覆，宁可错杀十个无辜之人，也不可放过一个罪犯。招致怀疑本身就意味着犯罪。罪证不能通过缓慢的逻辑推演和公开透明的调查来确认，必须通过间谍、卧底和酷刑迅速将其握在手中。不该允许受审犯人有机会获得法律援助，帮他对付铁石心肠法官的严厉盘问，以及当时最优秀的律师的恶毒指控。定罪之后，自然就要用最可怕的惩罚抹除这一切。在伊丽莎白时期的叛国罪法庭，占据主导地位的并非法律，而是恐惧。

这个制度的粗暴与荒诞，在收集证据的过程中体现得最为明显。不仅案件本身经常要靠政府雇佣人员的信口指控来构成，拉肢刑具的存在也让任何证人的证词都变得荒唐可笑。酷刑不断被使用，但在任何情况下，是否使用酷刑，其实不会对结果产生影响。威胁用刑、暗示用刑，甚至是证人在脑子里想象自己将被用刑，都会产生同样的效力，仅仅存在程度之分。恐怖的影响力挥之不去，不可避免地导致真相与谎言混作一团。这种情况下的证词还有什么可信度可言？某人被独自关在牢房里，突然要面对一群充满敌意、技巧娴熟的审问者，不得不踏入误导提问的迷宫，同时心理防线早已被身体损伤的潜在可能击溃。有谁能从此人的陈述中分辨出哪些是实情，哪些是谎言，哪些是对审问者的迎合，哪些是出于自保的胡乱指控，哪些是随口的肯定——只是为了保证自己不至于四肢残缺？以这样的方式获得的证词，唯有一点可以确定：它必将使检察官获得足够充分的解释空间。政府可以证明一切。正所谓欲加之罪，何患无辞。而当时政府基本也都是如此行事，毕竟没有其他办法可以确保"不错放一个罪犯"。正是在这种手段的庇护下，伊丽莎白安然过完了她的一生。倘若没有沃尔辛厄姆这个间谍、伦敦塔潮湿的牢房，以及狡猾的审问者面对歇斯底里的受审者冷静的笔录，这个时代的辉煌绝无存在之可能。

当然，这个制度存在一个基本特点，即执法者也不该参透它的原理。酷刑被认定是令人不快但必须利用的手段，在某些案件中，审理者对于证词的可疑或许心知肚明，但没有人会想到，以这种方式构建的司法程序是毫无意义的。当时最聪明能干的人物，一个培根，一个沃尔辛厄姆，完全无法意识到，他们的结论看似是他们自己收集的证据的必然结果，但实际上只是这台恐怖机器开启后的自动产出。法官与囚犯一道，都是拉肢刑具的受害者。

洛佩兹医生的案件便是一个典型。在这个案件中，人们可以看到在司法制度的压力之下，怀疑、恐惧和先入为主的臆想逐步混合成一种事实上毫无依据，但程序上却无可指摘的罪案的整个过程。埃塞克斯是一位本性善良的年轻贵族，若是说到要为了政治目的处死一个无辜的人，他一定会良心不安、打退堂鼓，然而他的头脑毕竟有限。他不信任塞西尔家族，不信任西班牙，他察觉到——这倒是事实——洛佩兹医生身上必有隐情。女王对他的判断的蔑视是最后的导火线：就算所有人都不信，他也要坚持自己的观点，除非让这桩罪案彻底坐实，否则他咽不下这口气。而实现这个目标的方法只有一个——显而易见，必须对这些葡萄牙人进行审讯，直到他们说出真相。洛佩兹本人的供词倒是滴水不漏，但埃塞克斯手里还有两张牌——费雷拉和蒂诺科，此二人显然更容易摆布。于是，他们开始在各自的牢房里接受无情的审讯。他们都已经做好准备，要开脱自己的罪责，把罪行推到另一个人身上，并在进一步的追问中宣称医生是阴谋的主使。但究竟是什么阴谋呢？如果这一切只是针对堂·安东尼奥，怎么会显得如此神秘莫测？或许，他的目标另有其人？或许……填补这个空白并不需要多大的智慧。把情况稍一理顺，答案自然浮出水面。西班牙——一桩阴谋——御医：这些条件组合在一起便已足够。费利佩国王又在密谋刺杀英格兰女王了。

一旦来到这一步，接下来的行动便不可避免。审问者内心的信念，一定要成为被审问者的呈堂供述。在审问中，费雷拉断言，洛佩兹曾写信给西班牙国王，声称自己愿意做国王陛下要求他做的一切。审问者接下来的问题是："如有必要，医生是否会给女王下毒？"费雷拉的回答是肯定的。然后他便被要求通过大量想象出来的细节补全这个假说。同样的过程也出现在对蒂诺科的审讯过程中，结果自然别无二致。就这样，想象被顺利加工成了现实。"我发现了一桩最危险可怕的叛国阴谋，"埃塞克斯在一封写给安东尼·培根的信中说，"这个阴谋意欲图谋女王陛下的性命。刽子手应该是洛佩兹医生，手段是毒药。我已经彻查过了，一定要让这阴谋大白于天下。"

运气同样没有站在医生这边。左右案件走向的关键是两个已经打定主意要做伪证的流氓——费雷拉和蒂诺科——所提出的证据的复杂性。这些证据都是在拉肢刑具的恐吓下取得的，由大量传闻、多年前谈话的回忆以及并未出示的通信组成。塞西尔父子本来有亲西班牙、反埃塞克斯的倾向，照理说他们应该可以拆穿这些所谓的证据，但出现了一个不走运的状况。在审讯之初，费雷拉便提到了葡萄牙间谍安德拉达的名字，他断言洛佩兹医生曾派遣这个安德拉达前往西班牙，筹备暗杀堂·安东尼奥的相关事宜。伯利对安德拉达的情况是很了解的，这个人的确在费雷拉说的那个时间去了西班牙，而且确实形迹可疑。伯利原本便认定这个安德拉达在名义上受雇于堂·安东尼奥期间已经被西班牙方面收买。他现在人在布鲁塞尔，而且，如果他和洛佩兹医生暗中有联系的情况属实，那么关于医生的阴谋的真正证据一定会暴露出来。随着审讯的进行，安德拉达的名字出现得越发频繁。看来，这个人就是西班牙宫廷与佛兰德斯的阴谋分子们之间的主要联络人。蒂诺科重复，或者说有意重复安德拉达曾对他讲述的关于造访马德里的详细经历。费利佩国王亲自拥抱了他，并让他把这个拥抱转达给洛佩兹医生，还赐给他一枚镶有钻石和红宝石的戒指，让他一并转交。这一切是真的吗？在向女王汇报后，伊丽莎白回忆起，大约 3 年前，医生曾想送给她一枚镶有钻石和红宝石的戒指，但她并未接受。医生再次受到逼问，他大发毒誓，不断咒骂，否认自己知情。但当审问者提出这枚戒指时，他松口了。他承认自己确实知道安德拉达前往西班牙一事，但他补充说，那两个流氓的说法完全不对。安德拉达是为沃尔辛厄姆效力的。他被派往马德里，表面上是进行和平谈判，真实目的是刺探西班牙宫廷的情报。在沃尔辛厄姆的特别要求下，医生同意让他使用自己的名义，以掩人耳目。安德拉达将向费利佩国王表示，他是洛佩兹医生派来的，这位医生渴望和平，同时还是女王的身边人。骗子也难免有被骗的时候，他们的计划成功了，费利佩上当了，那枚戒指并不是送给医生的，而是送给女王的。沃尔辛厄姆对这一切了如指掌，完全能证明医生的清白。是啊，说得没错，只要……埃塞克斯直接放声大笑。塞西尔父子早已认定安德拉达是为西班牙人效力的，因此对医生的说辞无法采信。他的故事很巧妙，太巧妙了。妙就妙在，一切的关键都在于沃尔辛厄姆的说辞，而沃尔辛厄姆已经不在人世了。

这一事件奇怪的反讽之处在于，当时导致塞西尔父子认定洛佩兹有罪的关键，却成了后人为他平反的依据。西班牙方面的档案文件表明，他所供述的内容基本属实。实际上，安德拉达确实是以和谈为名前往马德里的。他根本没得到与费利佩见面的机会，关于国王拥抱他的说法纯属捏造，但那枚镶有钻石和红宝石的戒指是西班牙大臣交给这位间谍的。除和谈以外，他们确实也讨论了其他话题。大家都同意洛佩兹医生应该设法把堂·安东尼奥送进监狱，或是将他从英格兰流放出去。有人暗示下毒将他除掉也不失为良策，但并没有人提到哪怕一丁点儿可以指向谋杀伊丽莎白的建议。然而实际上，洛佩兹并不知道西班牙方面并未中计。他们看穿了沃尔辛厄姆的计谋，并决定以其人之道还治其人之身。在重金诱惑下，安德拉达成为双面间谍。他同意返回英格兰，继续为和平努力，但实际上利用他的身份向马德里提供英格兰内部的情报。沃尔辛厄姆的离世打乱了这一计划。安德拉达无法自证清白，伯利确信他已经投靠西班牙。事实确实如此，但对洛佩兹的指控与此无关，但凡沃尔辛厄姆能重回人间片刻，一切就能水落石出。

当塞西尔父子也开始赞同埃塞克斯的观点时，洛佩兹的厄运便不可避免。他无力应对在原本幸福安逸的老年生活中突遭如此劫难。这位医生被关在埃塞克斯府邸，遭到羞辱、折磨，直至丧失理智，心理防线完全崩溃。他的说辞在疯狂高呼冤枉和疯狂供述完全不可能的罪行之间不停切换。毫无疑问，他绝非全然清白。他给费雷拉的秘密小纸条足以证明这一点。他似乎极有可能参与了某个有关除掉堂·安东尼奥的阴谋，有可能在西班牙方面的重金诱惑下，他已经做好了毒死堂·安东尼奥的准备。但至于说他意欲谋杀女王，不仅没有证据，而且从实际情况来看，这种阴谋也几乎是完全不可能的。杀掉伊丽莎白对他有何益处？他只能从费利佩那里领到若干赏金。而与此同时，他将付出他的一切——他的地位、收入、皇室的宠幸，更不用说此举需要承受多大风险。意识到这一点，这个指控有多疯狂便显而易见。但当时围绕在他身边急于让真相大白的审讯者根本不会想到其他。他们下定决心，一定要让他亲口承认对他的指控。只要上了拉肢刑具，随便摆弄几下，这个任务便可完成。但真正高明的"正义斗士"不会弄脏自己的手，甚至不会开口威胁。他只要一个眼神，或许一个手势，一段意味深长的沉默，便可以获得他所需的供词。没过多久，这场对决便结束了。对于不断反复的质问，即是否承认自己意欲谋杀女王陛下，医生在一连数周的煎熬中终于心力交瘁，轰然倒下，他招供了。这就够了。实际上，这注定是一场一边倒的对决，一边是安东尼·培根、弗朗西斯·培根、伯利勋爵、罗伯特爵士，以及埃塞克斯伯爵，另一边只有一个年迈的葡萄牙犹太人。人们或许可以理解知识分子和政客的不择手段，然而埃塞克斯，这个慷慨、坚毅的人物，竟然也会参与其中！正当盛年的他，是否有可能意识到他所做的事情，多多少少有些愧对正义？多年之后，当西班牙不再是威胁，他对洛佩兹医生的敌意，似乎只能通过走向极端的个人意气来解释。然而实际上，这样的解释是没有必要的。埃塞克斯的心智胜过常人，但并未超脱政治竞争的残酷、人类正义的残酷惯性，以及爱国护国的崇高品格。

接下来是正式审判。费雷拉和蒂诺科非但没有因为对医生的揭发保全自己，反倒作为他的同谋一并受审。蒂诺科徒劳地请求根据他的安全通行证得到庇护。律师们郑重其事地进行了合议，但最终决定驳回这一请求。三个人都以叛国罪被判处死刑。民众对此案群情激奋。正如埃塞克斯所预料的，本来已经趋于消散的仇西班牙情绪，如今再次在英格兰国内上升到近乎狂热的地步。洛佩兹医生成了外籍谋逆分子的典型，他的恶行被编成歌谣，在街头传唱，他的名号在剧院舞台上被痛骂声讨。他还是个犹太人——尽管只是个偶然——但却导致这桩西班牙阴谋的可恶程度进一步加深。现代评论家们认为他可能是几年后出现在舞台上的夏洛克[1]的原型，但这种假设并不成立。实际上，如果莎士比亚在塑造这个人物的过程中真的受到了洛佩兹医生的影响，那也一定是一种完全相反的启发，这两个人物是完全对立的。夏洛克这个人物的全部精髓在他那巨大的、悲剧性的犹太精神中，但洛佩

---

1. 即《威尼斯商人》中放高利贷的犹太商人。

兹医生已经被欧洲化、基督教化了，他只是个卑微的、可怜的人物。他的毁灭并不在于他对于异邦人环境的反对，而恰恰在于他纵容自己与其纠缠在一起，直至丢了性命。然而如果开动想象，在叙述那位遭受鄙弃的威尼斯商人的悲剧时，若是说莎士比亚曾在一段风趣的玩笑话的掩饰之下提及了这位御医的悲剧，倒也并非全然无稽。"哎，"剧中的鲍西娅曾对巴萨尼奥说，"可我怕你一上了拉肢刑架就胡说八道，但凡上了那个东西，人说什么话可由不得自己。"这位非凡的诗人的智慧与怜悯，仅仅通过这样的轻描淡写便足以表露无遗。

在批准执行死刑之前，女王表现得比往常更加犹豫不决。也许她在等待西班牙或佛兰德斯方面会传来确认或否认的消息。也许，尽管所有证据都指向医生有罪，但她仍旧无法从脑海中抹去认为他清白的直觉判断。直到 4 个月之后，她才允许法律执行其判决。然后——那是在 1594 年 6 月——三个人被绑上囚车，一路游街示众，由霍尔本途经医生的宅邸，最终来到泰伯恩刑场。一大群民众聚集在一起，欣赏这一场面。站到行刑台上的医生试图发表临终演说，却未能如愿。民众实在是太愤怒，也太快乐，无法安静下来，他们号叫着、大笑着。这时，有人听到犹太人郑重地宣称自己是爱女王的，胜过爱耶稣基督，其他发言便再也没有人听清了。老人被推向绞刑架。他被吊了起来，然后——依据当时的法律——在仍有一息尚存时被斩断绞索。接下来便是历史悠久的刑罚传统：阉割、开膛、大卸八块，被一一执行。费雷拉是下一个，最后轮到了蒂诺科。他已经见识过了自己接下来的命运，重复两次，而且距离极近。他的耳朵里回荡着两个同伴的尖叫与哀号，眼前浮现着斩断肢体、血流如注的全部细节。他跌宕起伏的一生就要在这里完结了。然而还没有完全结束，蒂诺科的绞索被过早砍断……跌落到地上之后，他又立刻站了起来。他很强壮，也很绝望，他扑向他的刽子手。群众为此兴奋不已，他们冲破封锁，只为了能够更近距离地观看这场搏斗。但是没过多久，法律与秩序的本能重新恢复作用。两名精壮的群众见刽子手难以招架，于是冲到台上帮忙。蒂诺科的脑袋挨了一记重拳，他被牢牢地绑在绞刑架上。接着他也像另外两个人一样，惨遭阉割、开膛，最后大卸八块。

伊丽莎白对医生的遗孀很仁慈，允许她保留亡夫的全部动产，它们本已被没收充公，但除了一件东西。她留下了费利佩国王的那枚戒指，还把它戴到了手上，直到她寿终正寝。谁能明白这是怎样的一种讽刺的怜悯心境？

第七章　摇摆的军事行动

西班牙问题越发棘手。一场没有硝烟的战争可能正合伊丽莎白的心意，但对于埃塞克斯来说，这似乎是一种耻辱。对于法国的亨利来说亦是如此，因为此时他的北部边境正受到西班牙人的极大威胁，而领土腹地的天主教同盟也在蠢蠢欲动。法国国王与这位英格兰贵族由此形成了一个奇怪的组合。他们的共同目标是推动伊丽莎白与法国结盟，包括让英格兰方面以更加积极的姿态应对西班牙人的攻击。而在他们中间来回奔走，最终凝聚并激发他们能量的是一个惯于制造麻烦的人物——安东尼奥·佩雷斯。对费利佩国王的疯狂仇恨已经成为此人生命的动力源泉。

几年前，佩雷斯在极其混乱的状态下逃离了西班牙。他曾是费利佩的首席大臣，却因为一桩谋杀案与国王反目，逃到他的家乡萨拉戈萨避难，结果在国王的授意下被宗教裁判所逮捕。他的命运似乎就此定格，但出乎意料的力量拯救了他，于是佩雷斯成了历史上少有的能够在落入宗教法庭的魔掌后全身而退的人物。对他的指控确实非常严重，这位误入歧途的大臣在地牢中气急败坏，他不仅辱骂了国王，还亵渎了神明。"上帝在昏睡！上帝在昏睡！"他大喊道，而他的话被人听到并记录了下来。"这一主张，"官方报告写道，"是毫无疑问的异端邪说，仿佛上帝对人类漠不关心。然而有《圣经》和教会为证，上帝显然是关心人类的。"这已经很糟糕了，然而更糟糕的还在后面。"如果上帝圣父，"这位不法分子声称，"纵容国王对我不仁不义，那么我就要拧掉他老的鼻子！""这样的说辞，"官方报告指出，"实乃亵渎神明，是极大的不敬，令虔敬之人的耳朵受到了冒犯，而且有沃多瓦派[1]异端邪说的意味，他们视上帝为有形的，具有人类器官。不可以基督化作人身作为这种说法的托词，因为那是指三位一体中的第一位。"以火刑来惩治这种罪行是相称的，然而就在宗教法庭为此进行准备时，萨拉戈萨人民揭竿而起。他们宣称，阿拉贡自古以来便享有司法自治的自由，而国王和宗教法庭现在侵犯了这种自由。他们攻进监狱，打死了皇家监狱总督，释放了佩雷斯。佩雷斯逃到法国，但事实证明，为了营救他一个人，萨拉戈萨付出了极大的代价。不久之后，国王便出兵萨拉戈萨，阿拉贡自古以来的自由最终被彻底废除。79 名起义党人在市场上被活活烧死。在熊熊火光之下，这场行刑仪式从早上 8 点开始，直到晚上 9 点方才结束。

　　而这一事件狂热的主人公，此时正过着流亡者与阴谋家的双重生活。他显然是个恶棍，但无论如何，他目前还是个有用的恶棍。以此为前提，他已经赢得了亨利与埃塞克斯的好感。他很活跃，

---

1. 一个罗马天主教内小的改革派别，由里昂商人皮特·沃多瓦于 12 世纪晚期创立，16 世纪加入宗教改革运动。

不择手段，他有一大堆可以让西班牙国王颜面尽失的故事，而且他还掌握了所谓"绮丽体拉丁文"的书信风格，在当时很是讨巧。以博学的对比修辞和优雅的古典掌故编织阴谋，改变政策，左右欧洲的命运，何其快意！

当埃塞克斯府邸的秘密会议认定时机已经成熟时，埃塞克斯给佩雷斯写信，暗示假如亨利真的要与伊丽莎白结盟，他必须假意与西班牙媾和。假如法国是朱诺，而费利佩是冥王，结论难道不是显而易见吗？有谁会蠢到搞不清楚朱诺在多次求援无果，最后高呼"假如天堂无意助我，莫不如发动地狱"意味着什么？"但是安静点吧，我的笔！安静点吧，安东尼奥！我想我是读了太多诗了。"[1]

佩雷斯立刻把这封信转呈给亨利，亨利很快就明白了其中的意思。他听取了这位英格兰朋友的建议，向伊丽莎白派出特使，让他告知女王，法国方面已经收到了西班牙人议和的建议，条件很有利，他们正考虑接受。伊丽莎白表面上不为所动，她立刻给亨利写信，劝他不要听信西班牙人的鬼话，同时又声称自己依然不会提供更多帮助。但暗地里她显然感到不安。没过多久，她便派出一位特使前往法国，要求他刺探法国方面的真实动向。

这位特使是亨利·安通爵士，他是当时为政府以及埃塞克斯同时效力的几个杰出大使之一。因此他在奉伊丽莎白之命前往法

1.Juno autem, quum saepius frustra spem implorasset, tandem eripuit "Flectere si nequeo superos, Acheronta movebo." ... Sed tace, calame, et tace, Antoni, nimium enim poetas legisse videor.——原注（此段引文的拉丁文原文，其中"Flectere si nequeo superos, Acheronta movebo."一句引自维吉尔的《埃涅阿斯纪》。——译者注）

国的同时，还受到了安东尼·培根的指示。一封通信表明安通的任务包括好好劝说法国国王，让后者坚持立场。务必提前做好安排，让亨利对他冷眼相待。同时还要"写几封言辞激烈的信，表明亨利心意已决，我方已无拖延之余地"。安通顺利完成了指示，言辞激烈的信如期而至。同时，佩雷斯被要求给埃塞克斯写一封"可能被旁人截获的信，在信中要指出安通的造访让局面变得更糟了"。佩雷斯也照办了，他用自己优美娴熟的拉丁文写了一封关于亨利坚持要与西班牙人议和的报告。他指出，他自己无法理解英格兰方面的政策，但也许还有什么玄机并未揭开——"大人物的设计总是深不可测"[1]。

这是完全正确的。伊丽莎白仔细读过了所有这些书信。她对佩雷斯的拉丁文颇感兴趣。但事情的走向并未像人们预期那样。也许伊丽莎白已经嗅到了阴谋的味道。无论如何，她心平气和地给亨利写信，表示她愿意提供人力与财力帮助他继续对抗西班牙，但有一个条件：要拿加来城换。这个还算凑合的交易并未得到很好的回应。"我宁愿被狗咬，也不愿意被猫挠。"被激怒的贝亚恩人[2]惊呼。但只过了几个星期，他便发现自己不幸言中。一支西班牙军队从佛兰德斯挺进，包围了加来，并已经开始对这座城市的防御工事展开了破坏。据卡姆登[3]的记述，在格林威治王宫

---

1. Fines principum abyssus multa.——原注（此句的拉丁文原文。——译者注）

2. 即亨利。他的家族出身于贝亚恩（Béarnais）。

3. 即威廉·卡姆登（William Camden，1551—1623），英国编年史家。

都可以听见攻城的隆隆炮声。

伊丽莎白并不喜欢这样。不仅是噪声令人不安，西班牙人出现在这样一个至关重要的港口也是个麻烦。接下来的消息是，加来城已经沦陷，但要塞仍在坚守。英格兰方面似乎还可以做点什么，于是女王在伦敦匆匆召集人马，由埃塞克斯率领，以最快速度开赴多佛。如果运气好，法国人将得到拯救，战局会转危为安。但伊丽莎白突然又意识到，如果运气真的足够好，法国人自己就能解决问题。而且无论如何，搞一趟雪中送炭花费实在昂贵。于是，在部队已经开始上船的同时，一名信使携女王陛下的书信赶到岸边，取消了这次远征。埃塞克斯以他一贯的精力不停咆哮、恳求。但就在信使们在多佛港口与伦敦皇宫之间来回奔波的同时，西班牙人已经攻陷了要塞（1596 年 4 月 14 日）。

即便是对于伊丽莎白来说，这次的拖延也有些过分了。她无法欺骗自己，无论如何，这次是她把事情搞砸了。娴熟的推诿之计，也就是她所有政策的伟大目标，这次并未奏效。实际上，敌人已经来到了眼前。她非常恼火，但形势的逼迫导致她必须采取行动了，她第一次开始认真听取主战派的意见。

出兵方案有两种。一是派遣一支足够强大的军队到法国，真正帮助亨利对付西班牙人。这也就是佩雷斯在布永公爵陪同下，强渡英吉利海峡，力劝伊丽莎白采取的方案。然而当这两位使者抵达时，他们惊奇地发现英格兰国内的风向起了变化。另一个方案正在筹备。几个月来，爱尔兰叛乱一直是山雨欲来之势，英格兰方面有理由相信，费利佩正在准备一支远征军，前来助他们的天主教盟友一臂之力。于是有人提议通过对费利佩发起海上攻击来阻止他的出兵。埃塞克斯突然转向这个计划。他兴高采烈地抛弃了亨利与佩雷斯，央求女王组建一支大军，不是前往加来驰援，而是奔赴加的斯。伊丽莎白同意了。她任命埃塞克斯与海军上将艾芬厄姆的霍华德担任这支部队的联合指挥。加来沦陷不到两个星期，埃塞克斯便来到普利茅斯，开始热火朝天地为召集部队和舰队做准备。

伊丽莎白尽管已经点头，然而，随着埃塞克斯离开伦敦，佩雷斯的奋力游说又开始占据上风。伊丽莎白又开始摇摆不定。或许，直接对法国国王施以援手更加明智，况且，派遣舰队进行一次莽撞的远征风险极大，这舰队可是她防止西班牙人入侵的底牌。她开始动摇的消息传到了埃塞克斯的耳朵里，后者焦虑万分。他太了解自己这位女主人的脾气了。"这位女王陛下，"他写道，"又开始后悔我们的行动，没有别的原因，只因为它马上就要展开。就算这支部队是要去法国的，她也一样会出面阻挠。我知道，除非违背她的意愿，不然我无法为她赢下任何功绩。"他又补充道，为了让她同意这次远征，他已经绞尽脑汁。倘若此事不成，他发誓"一个小时之内就会去修道院出家"。

当然，当时的形势已经非常紧迫。接下来的消息是，英格兰与法国订立了攻守同盟。几天后，女王亲自给身在普利茅斯的两位将军写信，这似乎预示着又一次改弦易辙。他们被命令把部队移交给下级军官指挥，先行返回宫廷，"诸位对女王太过重要，不应久戍边外"。宫中一片哗然。随着决定性的时刻越发临近，伊丽莎白的心意便如同拨浪鼓一般晃个不停。她满腔愤懑与怒气，对埃塞克斯大发雷霆，说都是他强迫她这么做，她根本不想这么做。就连最年长的廷臣也感到震惊。伯利只能颤抖着向女王进言，搬出各种古训安抚她，但都徒劳无功。沃尔特·罗利的回归让情况更加复杂。他刚好从圭亚那回来，比以往任何时候都精神抖擞、气势不凡，凭借着无尽的财富和冒险故事求得了女王的宽恕。在埃塞克斯与霍华德被召回之后，罗利有可能接替他们成为远征军的指挥官吗？然而实际上，这场远征就算得到了批准，不管由谁指挥，其实都不太可能真正发生，因为之前的准备工作便非常艰难，无论是人员、资金、军需物品都捉襟见肘，至于武器，更像是等到战争打完才有可能真正准备齐全。一片混乱，任何事情似乎都有可能发生。然而顷刻之间，迷雾消散了，确定性出现在众人眼前。伊丽莎白像往常一样，在质疑之海中游荡许久之后，突然间找到了一片干爽的陆地。远征开始了，而且是立刻出发。埃塞克斯与霍华德官复原职，罗利则被赋予了一个看似高级、实则从属的指挥职务。英格兰方面政策的转向，同时以一种奇怪的方式体现在安东尼奥·佩雷斯的迅速失势上。这个可怜的人物不再受宫廷的接待，与法国谈判的最后阶段与他无关，塞西尔家族无人再与他通信。绝望中，他向安东尼·培根寻求庇护，但后者只是以对待普通客人的礼数招待了他。他那恣意潇洒的权谋之路突然崩溃了。回到法国，他继续遭受冷落，外加些许敌意。几年后，当他因年老力衰和一贫如洗死于巴黎的一间顶层小楼时，宗教法庭或许会认为，这个一度逃脱了惩罚的叛逆之徒终究还是受了天谴。

埃塞克斯如愿重返普利茅斯，但烂摊子不会随着拖延自动消失。正在焦头烂额之际，他收到了弗朗西斯·培根的来信。掌玺大臣帕克林去世了，民事审判庭首席法官埃杰顿接替了他的职位。现在弗朗西斯希望得到埃杰顿空出来的职位。他写信求埃塞克斯助他一臂之力。尽管事务缠身，对女王的意图心存顾虑，同时还为自己的地位感到焦虑，但埃塞克斯依然设法抽出时间与精力，给司法领域的大人物们先后寄去三封书信，以婉转的笔墨向他们极力推荐了自己的朋友。弗朗西斯对此表示感谢。"阁下对我的恩惠，"他写道，"令我无以为报。我只能尽心竭力为您服务，但求无所辜负。"不过，他又写道，"至于我是否能够兑现我的誓言，倒还要看上帝的心意，毕竟这一切都在他的掌握中。"

在有关这次远征的诸多麻烦中，最令人不安的是两位指挥官之间的矛盾。埃塞克斯与霍华德已经彻底撕破脸皮。只要出现问题，他们肯定会大吵一番，从陆军与海军之间矛盾的要求，到两人在文书信件上的名字排列。霍华德是堂堂海军上将，但埃塞克斯贵为伯爵，两人谁的地位更高？当一封寄给女王的联名信需要两人签字时，埃塞克斯抢先抓过一支笔，写上了自己的名字，这样霍华德只能在他下面签名。但霍华德不肯认输，趁埃塞克斯不备，他竟然用削字小刀把那个压他一头的名字抠掉了。结果这封信就这样怪模怪样地到了女王手上。

一切终于准备就绪，告别的时刻到来了。女王把自己关在房间里奋笔疾书。她的大作最终交由福尔克·格里维尔，他负责携带这最后的信函前往普利茅斯，当面交给埃塞克斯。其中有一封是女王写给这位将军的庄重的私人信函："我要向创造世间万事万物的上帝提出这个卑微的请求，希望他能用他仁慈的手为你遮挡风雨，让你不受任何伤害，让你一切顺遂，荣耀凯旋，为我增添喜乐。"罗伯特·塞西尔也捎来一张字条，上面有女王最后的嘱托。"女王说，考虑到你可能一时拮据，她赐给你五个先令。"此外还有一份女王的祷辞，致以全军，以振士气。"最全知全能的、世间一切的领路人！只有您洞悉一切心灵与观念的基底，并由此参透一切事务的真正本源……我们谦卑地恳求您，佑我方将士前程无忧，速得胜利，以最少之损失光耀您无上之盛望，保我大英国运昌隆。吾等虔诚请求至此，主啊，请您赐予您的祝福。阿门。"

这份由一位至高无上者向另一位至高无上者献上的祷辞，混合着谄媚的虔诚与无比的自信，显然是众人所需的。总之，这次远征最终取得了成功。远征的真正目标得到了严格的保密，直到1596年6月底的一天，英格兰战舰突然出现在加的斯湾。在战争开始之初，一着不慎便有可能满盘皆输，两位将军下令冒险登陆强攻。罗利费了九牛二虎之力才说服他们由水路进攻。此后便势如破竹。"前进！前进！"埃塞克斯高喊道，当他乘坐的舰船驶入港口，他把帽子抛入海中。不过14个小时，战斗便结束了。西班牙舰队被摧毁，加的斯城，连同它的所有力量与财富，统统成为英格兰人的囊中之物。西班牙方面的一切都很混乱，恐惧与愚蠢统驭了他们的头脑。造化弄人，当时安达卢西亚总督是英格兰的老熟人梅迪纳·西多尼亚公爵。仿佛带领无敌舰队走向灭亡还不够，西班牙最繁荣的城市也将在他的主持下覆灭。他匆匆赶到战场，双手颤抖，发出悲鸣。"这太可耻了，"他致信费利佩国王："我早就告知陛下，务必增兵拨款于此地，然而统统石沉大海。因而我已无力回天。"事实也的确如此。一支由50条商船组成的西印度舰队，满载着价值800万克朗的财宝，此刻只能仓皇逃入内港，在无助的混乱中听天由命。埃塞克斯原本已经下令接管，但命令的传递却出现了延迟，导致不幸的西多尼亚公爵终于抓到了报复的机会。他当机立断，下令烧船。于是整支船队被付之一炬。人们看到这位公爵脸上浮现着隐隐的笑意——7年来头一回。最后，在这片令人无法忍受的炽热火海中，他终于给了他的敌人重重一击。

海战的荣耀归于罗利，埃塞克斯则是陆上的英雄。他指挥了攻城之战，他的骁勇无畏令全军为之振奋，当战局已定，他的人道精神又阻止了这种局面下经常出现的残暴行为。教士与教堂免受侵扰，3000名修女以最体面的方式被送往内陆。就连西班牙人也为这位异教徒将军的骑士精神所折服。"真是个绅士，"费利佩赞叹道，"异端之徒当中竟也有这样的人物。"海军上将也对他钦佩得无以复加："我敢跟你打赌，"他写信给伯利说，"埃塞克斯一定是当世最英勇的人物。而且我敢说，依我愚见，他还是一位伟大的士兵，因为他的一切英勇都严守军纪，从不逾矩。"

英军占据加的斯两个星期。埃塞克斯提议，他们应该加固防御，据守于此，等待女王的谕旨。当将领合议会议不同意这样做时，他提议向西班牙内陆进军，结果再度被否决。随后他又建议舰队重返海上，守株待兔，等待返航的西印度船队，夺取战利品，结果再一次被驳回。众人的打算是即刻返回英格兰。他们从加的斯居民那里强行征收了一笔巨额赎金，将城镇的各种设施夷为平地，接着便扬长而去。在沿着葡萄牙海岸返航的过程中，他们难抵诱惑，于是顺路打劫了倒霉的法罗城。这次掠夺收获颇丰，其中包括了意想不到的财富——杰罗姆·奥索里乌斯主教的无价藏书。看着这些稀世珍藏，这位对文艺颇有造诣的将军满心欢喜，他把这些藏书留给自己，作为他的战利品。然而也许，他余生并不曾再看过这些藏书一眼。也许，在凯旋之路上，他那颗不羁的心突然陷入不合时宜的情绪中。他想离开这一切——彻底地离开！远离光荣与争斗——重返故里，重新成为那个查特利男孩——不顾一切地回到孤独、卑微、耽于幻梦的漫长纯真当中！于是，以自己的名字为题，他写下一首游戏之作，半是戏谑，半是忧郁。在这寥寥几行诗句里，回忆与预感一道，令简单的措辞蒙上了奇异的悲怆：

> 命运如此终末即是有福
>
> 在无人的荒漠，无人，隐蔽于
>
> 所有世俗，所有爱恨的
>
> 世俗，他方可安然入眠；
>
> 然后醒来，永远赞美上帝；
>
> 玫果、山楂、野莓足以果腹；
>
> 白日用以冥想，
>
> 圣洁之思的辗转令他喜悦：

百年之后，他将葬于灌木丛中
良善的知更鸟与画眉在此憩居：
——此人是有福的！

第八章　国内的权力之争

就在埃塞克斯从加的斯启程返航的同一天，英格兰国内有一桩大事发生：伊丽莎白将罗伯特·塞西尔任命为她的国务大臣，在名义上正式确认。罗伯特已经实际担任了这个职务几年时间，但这原本并不意味着他能一直做下去。女王始终没有下定决心，她曾说，这个安排是暂时的，这个职位还有其他候选人。其中就包括托马斯·博德利——埃塞克斯极力举荐的人选。他如往常一般激烈地提出了自己的要求，但再一次徒劳无功。因为此刻，罗伯特已经被明确地安排在了这个重要的位置上，属于这个职位全部的外在影响和内在权势都将长期由他把持。

罗伯特通常都在伏案写作，他给人以亲切而严肃之感。他的五官有种儒雅的气质，一种有待阐释的温柔，当他开口说话时，他精妙的口才便会令这温柔生动，具有意义。他是个温柔的理性之人，或者看上去如此，直到他站起身，离开桌案，意外地显露出令人不安的身体畸形。这时，另外一个形象出现了——由一个谜产生的不安：棱角分明的漂亮面孔与可鄙、扭曲的身体形态结合在一起，究竟意味着什么？等他再回到桌案之后，拿起羽毛笔，所有一切便会重回安宁。他通过不慌不忙的写作、完美有序的案宗管理、漫长平稳的高效工作充分履行职责。他是一个伟大的工作者，一位天生的管理者，一个有思想、有笔墨功夫的人物。他总是坐在那里，坐在四周的喧嚣当中——埃塞克斯与罗利的热情活跃、各种宫中小人物的往来奔走，以及伊丽莎白滔滔不绝的高声叫嚷。但在努力工作的同时，他内在的精神无时无刻不在等待、观察。明眼人能够在他那张耐心的脸上看到忧郁与不甘。这世界的运转不良与残暴无度让他——并非愤世嫉俗，他还不够冷漠——心怀悲戚。他自己不也是这样的世界中的一个人物吗？他能做来补救的事情实在很少，太少了，以他全部的精力与全部的智慧，他也只能工作、等待、观察。还有什么可能？还有什么可行？还有什么——什么都好——除了疯癫？他向埃塞克斯的事业投去严肃而审慎的目光。然而，也许采取不同的方式，有些非常罕有的事情，几乎不可能做到，但还是可以付诸实践的。在危机时刻，可能会有一股微弱的、难以察觉的推动力，可能只是一次触动，没有被颤动的眼皮蒙蔽。当某人仍坐在桌前，这触动并非来自他的手（他将继续写作），而是他的脚。某人自己可能都未曾注意到动作的做出，然而这世界的运作，不正是依赖这种细微的、不可见的小小意外，才让时代不断向前，伟人登临其位的吗？

这大概是这个谜的轮廓，但解开谜团的具体方法，从根本上讲，我们完全无从知晓。我们只能看到那幅无比清晰的画面——全心全意为公众服务一生，如此幸运地凭借一项伟大工作的完成，获封在英格兰最高级别的封号索尔兹伯里伯爵。这些都是尽人皆知的，但我们不曾看到更多，也从未有人如此。带来如此巨大后果的微小动作，早已消失在我们的视野当中。若是运气好，我们还可以捕捉到一些蛛丝马迹，但基本上，我们只能猜测那张书案之下究竟发生了什么。

埃塞克斯凯旋，荣耀加身。他是此刻的英雄。可恶的敌人遭到了毁灭性的打击，而在公众眼中，这场胜利应当全部归功于这位年轻的伯爵。他是那么大胆，那么富于骑士精神，简直就是浪漫的化身。老迈的海军上将几乎没有发挥作用，而且如果不是在关键时刻听从了罗利的建议，这次远征很可能一败涂地，但这一点并未对外披露。实际上，在英格兰，只有一个人对远征军归来所导致的热烈氛围不为所动，这个人便是女王。女王心如海底针，这一事件又是一个绝佳例证。她并没有兴高采烈地迎接自己得胜而归的宠臣，反而大发雷霆。确实有一些原因值得她发火，她确实被触到了要害，那就是开销问题。她为这次远征投入了 5 万英镑的资金，而她得到了什么回报呢？显然，只有更多的资金要求，用以支付海军的工资。她宣称，正如她预料的，她早就想到了。从一开始她就知道，打仗就是所有人发财，除了掏钱的她自己。她满心不情愿，但也只能再掏 2000 英镑，让海军士兵免于挨饿。但这些钱她一定要收回来，而且埃塞克斯应该明白，他得为此负责。当然，这里面有一些矛盾之处。西班牙人声称自己损失了几百万英镑，但英格兰方面官方估算，他们带回来的战利品价值还不到 13000 英镑。关于突然流入伦敦市场的大批珍珠首饰、金银珠宝，一箱箱糖、锦缎，一桶桶水银、葡萄牙产葡萄酒的谣言不绝于耳。枢密院为此吵翻了天，几名富有的人质从加的斯被带到英格兰，女王宣布他们的赎金必须归她所有。当埃塞克斯抗议说那本该是给将士的奖金时，她根本听不进去。她说，都怪他们无能，才导致战利品少得可怜，他们为什么错过了返航的西印度舰队？塞西尔家族方面也向埃塞克斯等人发难，跟女王一唱一和。其中，新上任的国务大臣表现尤为突出。至于埃塞克斯，他有充分的理由期待全然不同的欢迎仪式，这些争执令他时而沮丧，时而愤怒。"我看到了我努力工作的回报，"他在给安东尼·培根的信里写道，"我向你保证，我为自己身为女王宠臣的所谓光荣感到不安，正如先前我为身为朝臣的所谓幸福感到不安一样。我想到了那有史以来最聪明的人在谈论人类劳作时所说的话：'虚空之虚空，一切皆是虚空。'[1]女王的不悦还因另一个原因而加剧。埃塞克斯收获如此巨大的荣耀，并不符合她的心意。实际上，她不喜欢任何人享有荣耀，除了她自己。当有人提议应当在全国为加的斯大捷举行感恩仪式时，女王陛下下令庆祝活动只得在伦敦境内进行。她听说圣保罗教堂举行了一次布道，将埃塞克斯同古代那些最伟大的将军相提并论，盛赞他"富于正义、智慧、勇武与高贵的气质"，这让她再度发作。在接下来的枢密院会议上，她对他的一些战略横加指责。"我可真是命中多难，不得安宁，"埃塞克斯随后写道，"我费力消化的酸食，没想到会滋生出更多酸气。"这是一个奇怪的预感，但他还是搁置了这种想法。尽管发生了这样那样的不快，他还是保持克制，并且"就像我小心翼翼保护自己不受伤害

---

1. 典出《旧约·传道书》1:2。

一样，我还要时刻警惕自己滑向堕落"。

他的容忍与耐心很快收到了回报。有消息称，就在英格兰军队返航两天后，一支满载 2000 万枚金币的西印度舰队便驶进了塔霍河。情况似乎很明显，倘若埃塞克斯提出的建议被采纳，英格兰舰队按照他的设想守在葡萄牙海岸，这一大笔财富就将落入英格兰人的囊中。伊丽莎白突然感到愧疚。难道说她不够公正？不够仁慈？显然，她被旁人误导了。埃塞克斯重新得到极大的赞扬，女王掉转炮口，将怒火发泄在他的对头们身上。埃塞克斯的舅舅威廉·诺里斯爵士被选入枢密院，担任总管大臣。塞西尔家族方面则受到了极大的惊吓，伯利瞅准风向，调整船帆，决定等下次枢密院会议时，在关于西班牙人赎金的问题上，一定要站在埃塞克斯一边。然而这次的手段并不成功，伊丽莎白毫不犹豫地把矛头对准了他。"我的财政大臣，"她怒吼道，"无论是出于恐惧还是偏心，你总是罔顾于我，打压人家埃塞克斯。你就是个恶棍！懦夫！"可怜的老人步履蹒跚地退了出去，给埃塞克斯写了一封十分谦卑的辩解信。"我的手颤抖，我的心难安，"他开篇写道，他目前的境况，比落入了斯库拉与卡律布狄斯[1]之间还要糟糕，"因为我已经同时触怒了二者……女王陛下指责我在意您而怠慢了她，可是阁下也不喜欢我，因为我讨好女王而冒犯了

---

1. 斯库拉（Scylla），希腊神话中吞吃水手的女海妖；卡律布狄斯（Charybdis），希腊神话中坐落在女海妖斯库拉隔壁的大漩涡怪。"斯库拉与卡律布狄斯之间"（between Scylla and Charybdis）为固定用法，类似"进退两难"。

您。"他应该是真心认为自己应该退休了。"我看不出我有什么办法能做到两全，因此我只能请求归隐，在我这般年纪和身体状况，这样的选择倒也最为适宜。但我必须请求女王陛下和您的原谅，这样我才能心安理得地寻求通往天堂之路。"埃塞克斯以一封大度庄重的信作为回复，倒也得体。但安东尼·培根却有不同的看法，他并没有掩饰对于仇敌退场的雀跃。"我们的伯爵大人啊，感谢上帝！"他在一封给意大利的通信人员的信中写道，"他终于用他那英明神武的光芒驱散了阴霾，清除了恶意的妒忌因他无与伦比的功绩而激起的迷雾。那该死的老狐狸，就让他趴在地上呜呜哭吧！"

伯利确实万分沮丧。他回想了整个状况，得出的结论是，也许他是在对待培根兄弟的问题上出了纰漏。倘若没有他这两位外甥的支持，那个年轻的贵族能平步青云到如此显赫的地位吗？难道不正是他们为埃塞克斯那不够稳定的气质提供了智力上的保驾护航，成为他直觉与性情上的依托吗？现在离间他们是否来得及？他可以尝试一下。安东尼显然是两人中更活跃、更具威胁的一个，倘若能把他拉拢过来……于是他派他的妻子以及培根老夫人的妹妹拉塞尔夫人去找他的这位外甥，带着和解的书信以及高官厚禄的许诺。他们谈了很久，但并无结果。安东尼寸步不让。他对埃塞克斯的承诺不可动摇，他对伯爵的崇拜犹如久病之人阴郁的激情，况且早年间姨父对他的无视，他永远也不会原谅或是遗忘。至于表弟罗伯特，他对他的憎恨与蔑视完全可以与伯利等量齐观。他向姨妈无比详尽地叙述了自己的感受，导致姨妈不知说什么好。他宣称,国务大臣实际上已经对他"下达了一场你死我活的战斗的邀约"。"唉,你这个坏孩子,"拉塞尔夫人说,"这怎么可能呢?"安东尼则以大笑和一句加斯科谚语作答:"驴子上不了天。""老天,"拉塞尔夫人惊呼。"可你表弟不是驴子呀?""那让他当骡子也行,夫人,"安东尼反唇相讥,"那可是最坏的畜生。"当夫人们离开后,安东尼把这次谈话的详细内容写成书信,寄给了他的赞助人,并在信末向他"良善的主人"保证:"我的心完全属于您,我的誓言自许下那一刻起便不会更改。我对您的崇拜,以及发自真爱之心对您的信任,同样也不会改变。"他确实也没有改变的理由,现在向他提议改换门庭是多么徒劳!事到如今,多年的惨淡经营已经成长为衷心崇拜——况且,这么多年的劳作,眼看就要开花结果!

因为实际上,安东尼的野心距离实现似乎近在咫尺,很难想象还有什么因素能够阻挡埃塞克斯在不久之后成为英格兰的实际统治者。他对伊丽莎白的控制似乎已经完成。女王个人对他的倾慕并未随着时间的推移而消散,相反,随着他作为一名将军和政治家的品质得到越来越多的认可,这一点似乎还得到了加强。现在塞西尔家族见到他都要礼让三分,罗利归来后仍不被允许进宫觐见,其他的竞争者更是难觅踪影。现在他成了枢密院会议桌上的主宰,有活力也有信心担负起高级职务的职责。他的工作接踵而至,他说将为"挽救爱尔兰、满足法国,以及赢得低地国家的支持——它们远未达到'支持'的程度——而奋斗"。另外他还将警惕并阻止恐怕会比以往更多、更严重的破坏活动。在如此多的工作与功绩中，他并未忘记自己的朋友。他的良心因托马斯·博德利未能如愿就职而不安。他曾向这位忠实的追随者许下承诺，现在他还有什么办法进行补偿呢？他想到了杰罗姆·奥索里乌斯主教的藏书。在法罗的那个夏日，它们被意外缴获。这些藏书应当属于博德利，只有这样的礼物才能补偿这位朋友的失意。于是博德利便拥有了它们，这便是那座以他的名字命名的奇特的图书馆的传奇开端[1]。

功绩、权力、青春、女王的宠爱、大众的爱戴，这位了不起的伯爵完美的命运中还缺少什么？也许只少一样东西，现在他也得到了：艺术领域千古不朽的歌颂。诗国中的一位至高者，以文字的精妙，将转瞬即逝的个人韶华与人类全体命运的博大融于一处，将光辉灿烂的不朽献给了埃塞克斯伯爵：

> 高贵的伯爵，
>
> 伟大的英格兰的光荣与世界的奇迹，
>
> 他的威名如万钧雷霆，令整个西班牙闻之胆丧，
>
> 如同赫拉克勒斯力撼天柱，
>
> 凡人无可立足，惊恐万状。
>
> 美丽的荣誉之枝，骑士之花，
>
> 让整个英格兰响彻你的凯旋号角，

---

1. 即博德利图书馆，随后成为牛津大学总图书馆，1602 年正式建立于伦敦西北的牛津，现如今是英国第二大图书馆。

至高的胜利，让你尽享欣悦。[1]

埃塞克斯的赫赫战功与英俊形象，在众人面前璀璨夺目。

然而，有一双眼睛——唯一的一双——仍冷峻地注视着这一切。弗朗西斯·培根那毒蛇一般的目光，刺透了这位赞助人华丽的外表，窥见他内心的困惑，充满怀疑与危险。他以非凡的勇气和绝顶的智慧选择了在这个时刻——似乎是埃塞克斯一生事业的顶点——向他发出警告与规劝。他写下一封长信，以细致入微的洞察力，辅之以对现实环境的精妙理解、对实际条件的充分熟悉，以及近乎超人的预知能力，向伯爵阐释了他当下所面临的困难，请求他未雨绸缪，同时还提供了规避灾难的可行方案。显然，一切都取决于女王。但弗朗西斯意识到，这对埃塞克斯来说绝非优势，反而是劣势。他毫不怀疑女王已经朦朦胧胧地形成了这样的想法——"一个天性难以约束的人，仰赖我的宠爱扶摇直上，并深知这一点。此人拥有了与他的天资不相称的财富，赢得了大众的声望，还在军队中广受信赖。"这样的想法会有怎样的结果？"我不清楚，"他写道，"对于任何在位君主，还有什么比这更危险的状况吗？尤其还是一个女人，她的脾气秉性您心知肚明。"所以想要摆脱这个危机，埃塞克斯的所有行动都必须以消除伊丽莎

---

1. 摘自埃德蒙·斯宾塞《祝婚曲》（Prothalamion，1596），埃德蒙·斯宾塞（Edmund Spenser，1552—1599），英国著名诗人，以长篇史诗《仙后》（The Faerie Queene，1590）闻名。

白内心的疑虑为主导。他要尽最大努力向女王表明他绝非"难以约束之人"，他应当"抓住一切机会，向女王表明他深刻地厌恶这些盛名与声望，并且想方设法疏远民众，要经常提出有关重税的建议"。最关键的是，他还要避开任何"深受军队信赖"的名声。"在这一点上，"弗朗西斯写道，"我对您的策略感到惊讶……因为第一，女王陛下热爱和平。第二，她也不喜欢多花钱。第三，您在军中的威望，将直接加剧她对您的怀疑。"建议还不止这些，弗朗西斯清楚地意识到，埃塞克斯其实并不是领兵打仗的材料。毫无疑问，远征加的斯他们大胜而归，但他对舞刀弄枪之事颇为担忧，于是敦促埃塞克斯不要再执意于建立战功。有传言说，他可能会成为炮兵司令，弗朗西斯对此极力拒斥。他认为埃塞克斯应当专注于枢密院，在那里，他仍可以控制军事事务，但不必涉身其中。如果他有机会就任新的职位，最好让女王给他安排一个纯粹的文职职位，掌玺大臣就是个不错的选择。

没有比这些更加高明或到位的建议了。倘若埃塞克斯听从了这些建议，他的故事将大不一样。然而人类的智慧就是这样充满奇怪的瑕疵，尽管弗朗西斯在某些方面的理解极其透彻，但在另外一些方面却一塌糊涂。在这些睿智而成熟的洞见当中，他掺杂了具体的建议，但这些建议恰恰适得其反。弗朗西斯可谓博学之士，但显然不懂心理学。他敦促埃塞克斯采取的实际行动完全有悖于伯爵的性格。弗朗西斯希望他的赞助人可以采取马基雅维利式的权谋之术，这在他看来顺理成章。埃塞克斯应当披上精心设计的奉承、虚伪、隐瞒之铠甲。实际上，他并不需要模仿莱斯特或哈顿的极端顺从。但他应该抓住一切机会向女王表明，他是以这些高贵人物为榜样的，"因为我想不出还有什么办法能让女王陛下相信您走在正道上"。他必须时刻注意自己的表情。如果在争执之后，他同意了女王是对的，"那就不能让旁人看出您口是心非"。还有，"第四点，您一定要想方设法提出一些小要求，然后很认真、很执着地强调，直到了解到女王陛下的反对或不喜欢之后，再将它们放弃"。譬如，他可以"假装打算去威尔士巡视一下自己的动产和不动产"，然后在女王拒绝后再放弃。即便是"最不起眼的细节"也绝不能被忽视——"习惯、仪态、穿着、举止，如此种种"。至于"大众声誉的影响"，本身是件好事，而且"如果管理得法，它将成为您当下及未来的丰功伟绩之上开出的最好的花朵之一"。它应该被温柔地照料，"使其不至于惹眼的方法只能是言语的，而非行动的"。在现实中，埃塞克斯也不应放弃人们的爱戴，"应当像以前一样继续走亲民路线"。

对于埃塞克斯来说，这样的建议要么是徒劳的，要么是危险的。像他这样的我行我素之人，怎会屈就于这样的旁门左道？所有人都知道埃塞克斯是无法掩饰自己的，当然，除了弗朗西斯。"他这个人什么都藏不住，"亨利·卡夫指出，"他的爱恨全都写在脸上。"对于这样一个人物，很难说哪一种建议是最不切实际的，是长时间的克制与伪装，还是短时间的小聪明。"仪态、穿着、举止！"让埃塞克斯持续关注这些令人厌烦的细枝末节是多么虚妄！埃塞克斯要么在忙碌，要么在睡觉。他坐在餐桌前，只会把食物往嘴里填，浑然不觉自己吃了或是喝了什么，接着便突然停下来，陷入漫长的玄思。为了节省时间，他会在更衣打扮的过程中接待朋友或是求情办事之人，如亨利·沃顿所言："把自己的腿脚、胳膊、胸膛交给日常的仆人，帮他套上衣服，系好纽扣，自己完全不在意。头和脸交给理发师，眼睛还盯着信件，耳朵留给请愿者。"所以他根本不知道自己穿了什么，只管最后抓起一件斗篷，披在身上，迈着古怪的大步走出去，脑袋前倾，就去见女王了。

当这样走向女王时，倘若他奇迹般地想起了弗朗西斯的建议，并试图把这位朋友的某一条小妙招付诸实践，会发生什么呢？既然他的本性难以掩抑，那么一切伪装便都是欲盖弥彰，他的拙劣表演将会被心明眼亮的女王一眼看穿，这难道不是显而易见的吗？这样一来，他的境况会比之前还糟，他的天性赤诚让他的伪装不堪一击，在试图掩盖那些毫无根据的怀疑时，他已经将它们变成了现实。

毫无疑问，埃塞克斯是怀着钦佩与感激的心情读完了弗朗西斯的来信的，尽管也许会有一些不由自主的叹息。但没过多久，他又收到了来自培根家族另一位成员截然不同的告诫。和往常一样，培根老夫人一直在戈尔汉伯里密切关注着宫廷动态。埃塞克斯从加的斯归来不久，她便收到了一份关于他的行为好得令人惊讶的报告。"他突然间，"安东尼写道，"放弃了他那放荡不羁的做派，开始热心于基督徒之路，从不缺席宫中的布道或祈祷，对他那贤惠的配偶表现出真正高贵的仁慈，不曾有任何偏移。"到目前为止，情况还不错，但这种改变似乎并不持久。只过了一两个月，有关埃塞克斯与一位颇有地位的已婚女士的流言蜚语便传了出来。老妇人颇感震惊，但并不意外，在伦敦这个堕落的世界里，这样的事情总会发生。于是一封信，一封虔诚的规劝信便来了。对于那位女士，自然怎样贬损都不为过。"她放荡、下流，有一颗无可救药的无耻之心"，她是"淫荡的玩物，俗世的笑柄"。"主啊，"她开始祈祷，"应当寻求他的恩典，令这个女子改邪归正，"或者，这将是最简单的办法，"在天罚轰然降临之前，将她一刀斩断。"对于埃塞克斯，倒还没有必要采取这样极端的手段，显然，他的罪孽较轻，仍有希望改邪归正。只要读一读《帖撒罗尼迦前书》第四章第三节，他就会看到"上帝的旨意是要你们圣洁，禁戒淫乱"。而且不止这句，他还将发现"一个可怕的威胁，即对于私通与通奸之人，上帝将审判他们，他们将被拒于天国门外。对于这样的事情，使徒曾言，上帝通常会将怒火倾泻在我们身上。请他务必小心，不可使圣灵忧伤"。"这些都是发自我的内心，"她最后写道，"我承认，这样乱写一通，必然多有冒昧，很多地方也难经推敲。"

以他一贯的感伤而不失庄重的华丽风格，埃塞克斯立刻写了回信。"在我看来，"他写道，"这是一个极好的论据，以资证明上帝愿意派遣这样一位善良的天使护佑于我。这也说明，夫人您对我的品格多有关心。"他否认了那些流言，"我在上帝的威严面前抗议，这个最新加在我身上的指控是完全错误、有失公允的，况且早先我已经离开英格兰，前往西班牙作战，又怎么可能与任何女人有染？"他宣称，这些都是他的敌人编造的，"我所在之处，无时无刻不被阴谋诡计笼罩，在互相攻讦中勉力经营。无法让世人相信的事，他们就会说服自己相信，无法让女王相信的事，他们就会散播到世界上去……尊贵的夫人，您大可认为我是个软弱的凡人，满身瑕疵。但请您放心，我正在努力做一个好人，宁可用尽全力弥补缺点，也不愿加以矫饰。"培根老夫人不知道该如何看待这些辩解，也许它们是真实的，她希望如此。埃塞克斯在附记中恳求她烧掉这封信，但她并未照办。她用自己那苍老的手指将这封信小心地叠起，置于一旁，以待他时之用。

无论她听到的那些流言背后究竟有着怎样的真相，很显然，她对埃塞克斯本性的理解都不比她的小儿子好多少。她的虔诚禁欲与埃塞克斯的大开大合简直南辕北辙，毫无疑问，他只是希望通过一些华丽的言辞向她致以礼貌的敬意。他的精神世界是任性的、忧郁的，也是灿烂的，属于文艺复兴——英格兰的文艺复兴，野心、学识、宗教与淫乱的冲突潮流以极其微妙的方式交织在一起。他的行动与生活，都发生在一种极端的不确定性当中。他不知道自己是谁，也不知道自己要去向何方。他无法抵挡神秘的情绪支配，那些强烈的、极具吸引力的、迥乎不同的情绪。他会突然从激动人心的国事与政治旋涡中抽身而出，独自在某间密室里欣赏斯宾塞的诗作。先前还在冒着风险与宫廷佳丽纠缠不清，接着便会来到清冷的圣保罗教堂，针对神性冥思苦想个把小时。他的命运似乎不可避免要把他引向行动与权力之路，然而他无法确定这是否就是他命运的真正去向。在内心深处，他还在梦想着兰菲的自在遥远和查特利庄园的宁静孤独。女王派人来寻他，他去了女王身前，一连串矛盾的情绪便吞没了他。宠爱、赞美、恼怒、嘲讽，他被这些情绪轮番裹挟，有时它们甚至会同时上阵。他很难摆脱由年纪、王权以及功绩所带来的威望，更难以挣脱女王那世间罕有的智性魅力，以及她诱人的曲折心思、快活的生命力所带来的种种惊喜。他被她的心智冲昏了头脑，沿着愉悦的大道翩然起舞。多么美妙的转弯！多么可爱的风光！可是接下来发生了什么？舞步的转折突然变得突兀、莫名其妙、几近荒唐。他抬起头，看到眼前的道路依旧平坦而清晰。然而她却执意于不停地掉转方向，他的所有努力都无法让她沿直线跳下去。她是一个荒唐而固执的老女人，只有在应该坚定的时候才会动摇，而且除了性情乖戾之外毫无强势之处。而他毕竟是个男人，具有男人的洞察力与决心，倘若她愿意跟随，他可以引领方向。然而命运却颠倒了他们的角色，天生的主人成了仆从。有时，他或许可以把自己的意愿强加于她，但那需要何其多的精力，需要何其持久的男子气概！一个女人和一个男人！没错，情况是多么显而易见！他为何栖身于此？他为何举足轻重？个中缘由不仅明显，而且可笑，甚至令人恶心。这一切只是因为，他满足了一个63岁的老处女的特殊渴望。这一切该如何结束？他的心一沉，而当他准备离开她时，他从她那双非凡的眼睛中看到了不寻常的东西。他匆匆赶回家，回到妻子、朋友、姐妹们身边。然后，在他位于泰晤士河畔的宅邸，自童年时期便不曾缺席的身体崩溃便会袭来，他无法思考或是行动，只能在痛苦的痉挛中颤抖，在忧郁与黑暗中一连躺上好几天。

　　然而，他终于无法抗拒环境的压力，无法抗拒时间的脚步，无法抗拒事业与担纲领袖的召唤。他充沛的活力回来了，冒险的激情与野心的欲念也一并归位。西班牙像往常一样出现在地平线上，经过了加的斯的大败，它却并未被完全击垮。这条蛇非常危险，必须再次迎头痛击。有人开始讨论再一次远征。弗朗西斯如何提建议都没问题，但倘若真的有再一次远征，那位《祝婚曲》里"高贵的伯爵"怎可能缺席？他怎会把兴奋与胜利拱手让给沃尔特·罗利？他怎能跟那个驼背文书佬待在一起，在桌案上写写画画？在私下里，他开始急切地劝说女王，她似乎比往常更容易说服。她同意可以开战，然而却对具体形式犹豫不决。消息泄露出来，弗朗西斯开始不安。他明白，这意味着他的意见并未被埃塞克斯采纳。分手时刻近在眼前。

与此同时，在未来悬而未决的时刻，这位多才多艺的情报工作者把精力用在了另一个领域。1597 年，一本小册子问世了，有史以来最出色的出版书籍之一。在它 60 页的篇幅中，前 25 页被 10 篇短小精悍的"随笔"占据，这也是"随笔"（Essays）这个词首次在英语中出现，以一种不朽的形式，表现了一位举世无双的观察者的思考。它们是对这个世界的运作，尤其是宫廷运行方式的反思。随后弗朗西斯又扩充了自己的文集，扩大了主题范围，以种种辞藻与修辞丰富了行文风格。但在这本首版的小册子当中，一切都是简明的、直接的、实用的。在一连串格言式的句子当中，除了增强语势和强调意义的部分之外，一切无用的修饰都被舍弃。他就"求情办事者""仪式与尊重""追随者与朋友""开销""谈判"等主题发表了自己的见解。"有些书是用来品味的，"他写道，

"有些书是用来充饥的，还有少数一些需要细细咀嚼、慢慢消化。"他自己的书属于哪一类是不言自明的。而且在这咀嚼的过程中，读者不仅可以了解政治运作的方式，还可以看到作者的性格，以及他头脑中固有的那种大胆与谨慎并存的特质。"出身低微的人物依附一端，"在随笔《论党派》中，他写道，"但力量卓著的显贵人物最好保持克制与中立，"然而，他补充说，"即便是根基尚浅之人也该记住，依附需适度，最好的状态是成为一党中最不碍另一党人之眼的人物。"这本书是献给他"最亲爱的兄弟，安东尼·培根先生"的，但对于宣誓效忠便不肯妥协的安东尼来说，他对于弗朗西斯的这段真知灼见会有怎样的看法呢？

无论安东尼怎么看，弗朗西斯都不在意。到最后，他相信的肯定不是他哥哥，而是他自己对事实的判断。很明显，那些会破坏女王与埃塞克斯关系的周期性危机中的一个正在迫近。人们知道，对西班牙再次发动海上攻击的计划已经确定，但由谁挂帅？2月初，埃塞克斯躺在病榻上，女王亲自前来探望。在如此慷慨的恩惠之后，他似乎恢复了元气，但没过多久，他又倒下了。他的病情很可疑：他是在赌气，还是真的病了？也许二者皆是。有两个星期，他一直没有露面，女王非常担心，宫中流言四起。争执的迹象很明显。据可靠消息称，女王曾告诉他，这次出征将由他、罗利以及霍华德共同指挥，但埃塞克斯却坚决不同意这样的安排。最后，女王恼羞成怒，痛骂起来："我要砸碎他的算盘，我要把他的心意扯烂！"她搞不懂埃塞克斯为何突然变得固执，不过答案很简单：都怪他的母亲——她的表姐妹莱蒂丝·诺尔斯、那个她讨厌的女人、莱斯特的寡妇——的不良遗传。这时突然传来消息，埃塞克斯痊愈了，状态很好，准备即刻启程离开宫廷，前往威尔士巡视自己的庄园。

到这一步，弗朗西斯几乎可以肯定未来的走向，于是他也下定了决心。毕竟他就是那个"根基尚浅之人"，"依附需适度，最好的状态是成为一党中最不碍另一党人之眼的人物"。于是他就去给伯利写信了。这封信他写得颇为小心，几经斟酌。"我以为，"他说，"如果我是出于自己的本分来写这封信，而非由于日后的情势之刺激，我可以更好地表达我的心意。"他将奉承与感激之情融为一体，写道"阁下的头脑举世无双"，并补充说："我的好大人，天地可鉴，您对我的恩惠如滔滔江水，在下没齿难忘。"他以极深的敬意以及极谦卑的语气，向他的姨父示好："我以最谦卑的乞求，希望阁下相信，只有您理应拥有我那份上帝赐予我的、不配称得上才华的微不足道的东西。我向来如此认为，今后也将唯您马首是瞻。"他甚至还乞求了宽恕，宣布要与哥哥安东尼划清界限——通过一个含蓄的括号。"我以同样的谦卑，乞求大人原谅，不要把旁人之过归咎于我（那等人不以众叛亲离为耻，甚至蓄意为之），因为我时时都是个本分之人。"到最后，他以郑重的声明结尾，节奏感很强，收束感人而有力。"因此，我再次恳求阁下原谅我写了一封如此啰唆的信函，纵然再多提议请求也是妄言无物，但我的本分、我的诚心绝无半分虚假，就此搁笔，祈愿阁下永蒙洪福。"

伯利的具体回复我们不得而知，但可以肯定的是，他并没有拒绝弗朗西斯，同时也注意到了这封来信的其他意义。又是一个多事之秋。老科巴姆勋爵离世，导致五港总督之位出现了空缺，明争暗斗一触即发。老科巴姆的儿子，也就是新任勋爵希望一并承袭这个职位，但埃塞克斯不喜欢他，提议罗伯特·锡德尼接任。争论持续了一个星期，最后女王拍板：总督之位应由科巴姆勋爵继任。于是埃塞克斯再度宣布离开宫廷，声称在威尔士有紧急事务。一切准备就绪，人马备齐，埃塞克斯只等与伯利告别，这时女王突然传他回宫。两人进行了一次私人谈话，最后完全和解，埃塞克斯获封炮兵司令。

这就是弗朗西斯·培根建议的结果！他希望埃塞克斯假意远行，以便在女王的要求下慷慨地放弃。可是这个蠢人完全搞反了，把这当成一种威胁，逼迫女王满足他的要求。而他要求了什么？恰恰是他最该避免的东西——成为"军中大员"，这种职位是多么徒劳，又是多么危险，而且刚好还是弗朗西斯当初极力提醒他回避的职位：炮兵司令。

显然，给伯利写信顺理成章。作为一个"根基尚浅之人"，除了埃塞克斯那可疑的前途所提供的庇护外，他必须争取其他护佑，才能从容地享受世间的美好。当然，就此便与先前的联系一刀两断，同样是愚蠢的。在各种层面，那些联系依旧有用。譬如威廉·哈顿爵士已经故去，他留下了一个富有的孀妻，年轻且有身份，跟她结婚将是治愈弗朗西斯的痼疾——囊中羞涩的绝妙良方。治谈开始了，只要能说服这位女士的父亲托马斯·塞西尔爵士，一切似乎都会一帆风顺。弗朗西斯再次向埃塞克斯求助，后者也尽了最大努力。他写信给托马斯爵士，为这位"热忱、才华横溢"的好朋友背书：听说弗朗西斯是"令爱哈顿夫人的追求者"，"为表明我的真诚，让你接受他的心意，我只想再赘言一句。倘若哈顿夫人是我的妹妹或是女儿，我一定会不假思索地同意这门亲事，所以我才会这样建议你。尽管我与弗朗西斯关系密切，但我的判断绝非偏颇，但凡像我这般了解他的人，也一定会替他做如此担保"。然而，埃塞克斯的担保再次失败。出于某些未知的原因，弗朗西斯的算盘又落空了，和总检察长的职位一样，哈顿夫人最终也落入了爱德华·科克手中。

埃塞克斯不仅成了炮兵司令，远征西班牙的指挥权也落在他的肩上。几个月来，英格兰方面不断收到线报，西班牙人一直在科鲁尼亚和费罗尔这两座比邻的大港为海军作战进行精心筹备。关于新"无敌舰队"的指向，目前尚不得知，也许是非洲，也许是布列塔尼，也有可能是爱尔兰；但也有消息说，他们准备对怀特岛发起进攻。英格兰人决定阻断这种可能。埃塞克斯将在罗利与托马斯·霍华德勋爵的协助下，率领一支舰队和一支强大的武装部队进攻费罗尔，摧毁那里的一切。简言之，他们打算重演加的斯的冒险。有何不可？女王认为此事充分可行——花小钱办大事，而且见效迅速。甚至就连塞西尔家族一方也不再唱反调。两方的和解近在眼前。伯利充当起调解者的角色，让他的儿子和埃塞克斯恢复往来。埃塞克斯在他的府邸举办了一次小型宴会，不仅邀请了罗伯特爵士，还找来了沃尔特·罗利。多年的恩怨被搁置一边，在这次两小时的私人会谈上，三位当朝要员重新缔结友谊。作为彼此友善的最终证明，大家说定要让伊丽莎白恢复对罗利的信任。而伊丽莎白也在双重压力下欣然妥协。罗利被召至宫中，受到女王亲切的接待，并被告知他可以官复原职，继续做卫队队长。为庆祝这次回归，罗利专门找人打造了一套银甲。就这样，这个仪表堂堂、光彩照人的危险人物，又一次站在了白厅的皇家前厅当中。

时间来到盛夏，英格兰的伟大舰队已基本就绪。埃塞克斯站在岸边，注视着最后的准备工作。他已经向女王告别，但他还是在英格兰待了两个星期，继续以言辞壮丽的书信与女王互诉衷肠，这种交流一直持续到最后一刻。在两人暧昧的关系中，困难、危险与悲伤总是若隐若现，但此刻，分离似乎让一切豁然开朗。伊丽莎白表现出前所未有的仁慈，她送出了源源不断的礼物和书信，包括自己的肖像，御笔亲书一封接着一封。埃塞克斯也为之雀跃，充满活力，因为感受到了自己的重要性而兴奋不已。伟大的女王，带着全部的威严与爱意出现在他的想象中，仿佛光芒夺目的仙女。她是他"最亲爱、最崇拜的君主"。他无法表达自己的情感，但是，既然"语言无法为我解释，我便要向您仁爱的君主之心发出呼告，以您的圣明，足以完全公正地看破我的心意。天地可鉴，我将付出万分努力，但求不辜负如此崇高的恩典、如此慷慨的恩福"。她和他的关系"比以往任何君主与人臣的关系都要密切"。他的灵魂"倾注了最恳切、最忠实、最深情的热望"。他感激她"以灵魂写就的亲切书信"。听说他的座舰漏水，她紧张地给他写信，提醒他做好预防措施，以免遇到危险。这封信送到他手上时，他正在普利茅斯，出发在即。"陛下对我无尽的关爱，"他写道，"让我只能更爱自己。因此，亲爱的女王，请您放心，我一定让您达成所愿，安全返航，继续为陛下效犬马之劳。"他向女王保证，万事皆已俱备，不会有任何风险，他们即将踏上征途。"我谦卑地亲吻陛下美丽的双手，"他最后写道，"并把我全部的灵魂，倾注在最真诚的祝福之上，愿您的圣明之心享有真正的快乐。它也一定知晓我是您最谦卑、最虔诚的臣仆，埃塞克斯。"接着，舰队便扬帆出海了。

第九章 出海进攻西班牙

费利佩国王端坐在埃斯库里亚尔宫，这是他为自己修建的巨大宫殿，全部由石头砌成，地处偏远，高踞于瓜达拉马山多石的荒原之中。他勤奋工作，一刻不停，像古代的君王一样，于桌案之上掌控着一个庞大的帝国——西班牙与葡萄牙、半个意大利、尼德兰，以及西印度群岛。工作令他老态毕露、满头白发，但他不能休息。疾病侵袭了他，他饱受痛风之苦，皮肤多处溃烂，一种古怪而可怕的麻痹症将他捕获。但他的手依然要从早到晚地在纸张上劳作。现在他已经不再露面了。他躲进了这座宫殿的内室——一个挂着深绿色挂毯的小房间，在这里，他延续着他的统治，隐秘、沉默、不知疲倦、至死方休。他有一种消遣方式，而且只有这一种。偶尔，他会蹒跚着穿过一扇低矮的门，进入他的祈祷室，跪下来，透过一扇内窗向外看，仿佛在歌剧院的包厢里，教堂开阔的大厅尽收眼底。这座教堂是他的伟大建筑之核心，它半是宫殿，半是修道圣所。在这座教堂里，牧师们的法衣、动作和古怪的吟唱也如同歌剧当中一般，他们在他身下的祭坛上专注于圣事，仿佛在为他表演。圣事！他自己的工作也是如此，他在为上帝工作。难道他不是上帝精心挑选的工具吗？神圣的遗迹正流淌在他的血脉当中。他的父亲查理五世于死后被三位一体之神接引入天堂，这是毫无疑问的。提香曾经描摹过这个场景。他也将以类似的光荣形式受到接引，但现在还不是时候，他必须完成自己在凡间的使命。他必须与法国媾和，把女儿嫁出去，必须征服荷兰，还需要在各地确立天主教会的最高地位。要做的事情太多了，而时间又太少。于是他匆忙回到桌案前，况且这些工作都必须由他完成，经由他的双手。

他心绪芜杂，纷乱而充塞。眼前诸事没有一桩是令人愉快的。他已经记不清阿兰胡埃斯的喷泉和埃博丽公主双眸的模样了。形形色色的念头困扰着他的大脑——宗教、骄傲、失望、渴望休息、渴望复仇。他那个英格兰妻妹浮现在他眼前，真是恼人！他们都在老去，而她总是在躲闪着他，躲闪着他的爱与恨。但时间还很充裕，他将比以往任何时候都更加坚定地工作，他将在死之前让她——这个总在发出异端笑声的、无法形容的女人，笑不出来。

这的确是献给三位一体之神的绝佳祭品。多年来，他一直在为这个目标全力以赴。他那不可一世的无敌舰队未能得手，这是事实，但那并不是不可挽回的失败。加的斯城的覆灭也是不幸的，但也并不致命。应该再建一支无敌舰队，并且在上帝的保佑下，这支舰队应该可以不辱使命。他已经取得了不少进展。加的斯陷落后，只过了几个月，他不就向爱尔兰派了一支强大的舰队，装载着大军，前去支援当地叛军了吗？但不幸的是，由于一场来自北方的大风，这支舰队未能抵达爱尔兰，20多艘战舰葬身大海，剩下的船只得打道回府。但是，这样的意外总是在所难免，只要上帝站在他这边，他还有什么好绝望的呢？他以惊人的毅力投入工作中，开始在费罗尔港重建无敌舰队。他委任卡斯蒂利亚总督马丁·德·帕迪利亚为新任指挥，此人是个虔诚的教徒，甚至比梅迪纳·西多尼亚更加亲近上帝。到1597年夏天，第三支舰队基本组建完毕，但是，莫名其妙的问题阻碍了它的出海。枢密院举行了严肃的秘密会议，但出于某些原因，会上仔细认真的讨论似乎无助于工作进展。指挥官与大臣们也时有争吵，所有人都在争吵，对他们肩负的伟大使命浑然不觉。只有费利佩国王了解一切，但他的计划是他一个人的秘密。他不会向任何人透露，包括指挥官马丁——他几度试图搞清楚舰队的目的地，但都没能如愿。然而不能再拖延了，舰队必须即刻起航。

就在这时，最令人不安的消息传来。英格兰舰队正在筹备船只开始向普利茅斯集结，它们很快就会出现在公海上。人家的目标显而易见，它将直接驶向费罗尔，而一旦敌人逼近那里，有什么能够阻止他们？加的斯的悲剧将会重演。马丁宣称，他们目前什么都做不了，舰队的准备工作还没有充分完成，不可能贸然出海。实际上他什么都没有，根本无法迎敌。这很让人气愤——虔诚的马丁似乎连梅迪纳·西多尼亚的语气都接了过去。但西班牙人别无他法：必须正面迎敌，必须相信上帝。

消息继续传来：英格兰舰队已经驶离普利茅斯，再然后奇迹降临：在一阵令人窒息的等待之后，人们得知，一场西南飓风几乎将英格兰人全部消灭。他们的船只在10天后就艰难地返回了老巢。费利佩国王的无敌舰队得救了。

那场风暴的确非常骇人。女王在宫中听着阵阵呼啸，不由得瑟瑟发抖。埃塞克斯本人也不止一次将命运交付给上帝，坐以待毙。他的侥幸逃生并不像他想象的那般幸运，这只是意味着，他将被更可怕的灾难吞没，这场风暴不过是悲剧的不祥序幕。随着可怕的风暴偃旗息鼓，他的好运也到了头。从那之后，厄运便逐步将他套牢。一个古怪的巧合让这场可怕的风暴注定不朽。与埃塞克斯一同出征寻找光荣与财富的年轻绅士当中，有一位正是后来的大诗人约翰·多恩。他也经受了当时的恐怖，但他决心把这次恐怖的体验转换为出人意料的东西。借由海上风暴的暴虐与破坏力，他创作了一首以新风格、新韵体写就的诗歌，没有感性渲染与经典意象，而是依托于残酷、现代和幽默，充满惊人的现实隐喻和委婉曲折的智慧：

> 犹如罪孽深重的灵魂，从坟墓中爬出，
>
> 在末日之日，他们从舱室探出头，
>
> 颤抖着打听消息，并最终听见，
>
> 他们不愿确信的确信，就像戴绿帽的丈夫。
>
> 有人坐在舱口，似乎在那里，
>
> 可以用狰狞的目光驱散恐惧。
>
> 然后他们注意到船的病恹恹，桅杆
>
> 发疟疾似的打起摆子。载重与垃圾，
>
> 都被海水淹没，我们所有的船具
>
> 噼啪作响，犹如拉得太满的高音琴弦。

这些诗句以手稿的形式四处传阅，受到人们的欣赏。这也成为约翰·多恩非凡的激情与诗歌生涯的起点，这段卓越的人生将在圣保罗大教堂的教长之位上圆满落幕。

就在多恩为他的奇妙对句绞尽脑汁的同时，埃塞克斯正在法尔茅斯和普利茅斯尽最大的努力，弥补孕育这些诗句的风暴所带来的损失。宫廷方面对他表示同情，塞西尔家族寄来了礼貌的慰问信，而伊丽莎白的态度则出奇的温柔。罗伯特爵士告诉他："女王现在希望我们大家都能爱戴你，因为她每晚都在像谈论天使一样跟我谈论你。"实际上，有一件让她愉快的事情刚好同时发生，这才让她能够以平和的心情看待这场海上灾难。一位波兰大使造访英格兰——那是个仪表堂堂的人物，身披天鹅绒长袍，上面还缀着珠宝纽扣。女王以国礼接待了此人。她坐在王位上，身边有众女官、顾问大臣和贵族人士作陪。她亲切地听完了这位大使精心准备的演讲。演讲使用的是拉丁文，行文措辞无懈可击。可当她听完，心里却只有震惊。这完全出乎她的意料。几乎没有任何对她的夸赞之词，反而全都是抗议、提醒、批评，甚至还有威胁！波兰人说她妄自尊大，破坏了波兰的商业。她还被告知，波兰国王将不会再纵容她的行为。女王的震惊很快变成震怒。当大使的演讲终于告一段落，女王腾地站起身。"我本以为贵国之人明白事理，"女王怒斥道，"没想到只会这般胡搅蛮缠！"[1]她没有停顿，滔滔不绝地用拉丁文开始回击，各种用来申斥、表达愤怒和讥讽

---

1. 原文为拉丁文。

的套语典故层出不穷，令人惊讶。她的眼睛闪闪发光，嗓音嘶哑却中气十足。身边的人都听得如痴如醉。尽管人们对她的才华有所了解，但这样的展现却是第一次。用一种后天习得的语言进行论辩，竟然可以爆发出这般力量。可怜的波兰大使完全不知所措。当女王完成最后一击时，她停了一会儿，然后转向自己的臣子们。"累死我了，谢天谢地，"她满意地笑着说，"我可算有机会把我的拉丁文拿出来刷一刷晾一晾了，太久没用都生锈了！"之后，她派人找来罗伯特，告诉他，她多么希望埃塞克斯能在场听她讲拉丁文。罗伯特机智地答应说，他会把今天的一切转述给埃塞克斯。他也确实照做了，而这一罕见场景的细节也正是通过他的转述，才得以流于后世。

女王勉强答应舰队再次向西班牙发动攻击。但它现在已经元气大伤，无法在费罗尔登陆，只能派遣火攻船进入港口，烧毁敌方船只，之后舰队可能会在海上游弋，伺机拦截载有珍宝的西印度船队。埃塞克斯率领残存的舰队出发，但风再一次对他不利。当他历尽辛苦抵达西班牙海岸时，一股东风让他无法靠近费罗尔港。他写信回国，解释自己的不幸遭遇，并宣称，鉴于他收到情报，西班牙舰队准备前往亚速尔群岛迎接商船船队，他打算立刻前去抄截。伊丽莎白给他回信，笔调极其庄严而又神秘。她写道："当我看到东风如此强劲，并且持续时间超过了正常范畴，我便从水晶球中窥见到了我确凿无疑的愚蠢，竟敢冒天下之大不韪，故而才招致如此灾难。"换言之，她意识到先前的决策是不顾理智的冒险。她就像"一个未能摆脱狂热妄想的疯人，受到太阳在狮子座的影响加持"。当时正是 8 月。埃塞克斯不应由于她不够理智的纵容而忘乎所以。她要求他"不得继续任性行事……犯下更多错误……你罔顾我一贯的原则,实在是令我烦恼"。他必须谨慎行事,"此外,在经过第一次危险的尝试之后,你不可继续远涉险境,招致更多劫难。否则你必将付出巨大代价。要约束自己的勇气,在恰当的时候学会满足。你的功业不在一时一地"。她迅速找到他的症结,但只提点一二:"对此我不再多说。我现在对你只有几点希望,希望你能够尽可能保全舰队实力,率军安全返航,愿上帝赐予你智慧来辨别真实与虚幻。"她最后以一段充满感情的表白结束了这封信,似乎以委婉的方式表达了自己的深情。"不要忘记代我向善良的托马斯与忠诚的蒙乔伊致以崇高敬意。我与凡人无异,经常忘记对我所获取之物表示感谢,也有很多事情非我所愿,谢意便无从提。但现在,请你同其他众人一道接受我的谢意吧,未尽之意,仍余至爱。"

她的信跨越重洋送到了他的手上,如果在读信时他能多留心她的嘱托,情况也许会大不一样。在亚速尔群岛,并没有西班牙舰队的踪影,但商船船队随时都有可能出现。群岛的中心堡垒特塞拉岛非常坚固,易守难攻,而且只要商船抵达这座港口,就能够得到安全保障。因此英格兰舰队显而易见的策略是在从美洲驶来的航路上对其进行拦截。他们决定在法亚尔岛登陆,这座岛很适合作为观察点。于是整支舰队朝该岛驶去,然而各船的行动并不一致,当罗利的中队来到会合点时,却不见埃塞克斯及其他英格兰船只的踪影。罗利等了 4 天,最后由于缺水决定登陆,袭击并占领了法亚尔镇。这个头开得很顺，罗利指挥得当，他和他的部下都斩获了不少战利品。到这时，英格兰舰队的其他船只才陆续赶来。当埃塞克斯得知罗利擅自登陆作战后，他大发雷霆。他宣称，罗利是为了抢功和独占战利品，才不顾总指挥的命令，对法亚尔岛发动攻击。老掉牙的争执迅速激化。埃塞克斯身边一些更加莽撞的支持者认为，这样的机会不可错过，罗利应该被送上军事法庭，然后被处以极刑。尽管埃塞克斯十分气愤，但这样的做法对他来说还是不可接受。"他要是我的朋友，"据说他当时说，"我倒有可能这么做。"最后，双方达成协议。根据协议，罗利要向指挥官道歉，并且不会在官方报告中提及他成功的偷袭，他不会因此获得任何荣誉。作为回报，他的不当行为将不会被追究。两人和解，但埃塞克斯仍然很生气。到目前为止，他的出征一无所获，没有任何战利品，也没有一个俘虏。但他得知还有一个岛屿可能唾手可得。既然罗利攻下了法亚尔，那他就要去攻占圣米格尔，于是他指挥舰队开赴圣米格尔。"真实"[1]与"可能"[2]！他为什么没有注意到二者的分别？对圣米格尔岛发动攻击是愚蠢的，因为它在特塞拉东边，扑向它就等于放弃了商船航线上的堵截。果不其然，在英格兰人逼近圣米格尔岛的同时，来自西印度的商船安全进驻特塞拉岛的港口。事实证明，圣米格尔岛沿岸岩石太多，英格兰人无法登陆，另一边的特塞拉岛又坚不可摧。

---

1. 原文为拉丁文。

2. 原文为拉丁文。

一切都结束了，除了打道回府，他们已经无事可做。

没错！但是在这段时间，西班牙舰队在哪里？它从未离开费罗尔港，在那里，持续多年的准备工作终于在近乎疯狂的速度下接近完成。正当费利佩国王用雪片般的手谕催促他们加紧完工时，有消息称英格兰人驶向了亚速尔群岛。他意识到，自己的机会来了。那座可憎的岛屿现在门户洞开，毫无防备。敌人终于落入他的掌中。他命令舰队立刻起航。马丁总督恳求再等几天，他表示目前的军备还存在不适宜开战的种种缺陷，最后他声称自己难以胜任指挥官之职，恳请另觅贤才，但这些都是徒劳的。同样徒劳的是，虔诚的马丁依然不知道目的地是哪里，便被迫率领无敌舰队驶入比斯开湾。直到在那里，他才被允许阅读费利佩的谕旨。他将率领舰队前往英格兰，攻击并占领法尔茅斯，并在摧毁敌人的舰队之后直捣伦敦。无敌舰队继续航行，但在锡利群岛附近遭遇了一股北风。无敌舰队的舰只不住地摇晃，舰长们也跟着慌了神。费利佩的准备工作依然是不完备的。正如马丁所说，他什么都没有，包括基本的航海技术，以及迎敌作战的意愿。埃斯库里亚尔宫的大蜘蛛孜孜不倦地编织天罗地网，原来不过幻梦一场。舰队开始被吹散，沉没，风势愈加猛烈。西班牙人召开了一次绝望的作战会议，马丁向各只舰船发出信号，他们灰溜溜地返回了费罗尔。

由于焦虑与疾病缠身，费利佩此时几乎失了神志。他不停地祈祷，从自己的歌剧院包厢里注视着祭坛，长跪不起。突然间，他的麻痹症发作了，他几乎无法呼吸，无法吞咽食物。女儿守在他身边，用一根管子把打成糊状的各类营养品吹进他的喉咙，维持着他的生命。马丁回来的消息已经传到宫中，但国王似乎已经无法接收人间的消息。突然间，情况发生变化，他睁开了眼睛，神志恢复了。他的第一句话是："那个马丁还没起航？"大臣们面临着一项艰巨的任务。他们必须向国王解释，马丁起航了，而且都已经回来了。

第十章　女王与伯爵的僵持

埃塞克斯也回来了，但他将面对的是一个活生生的女王。回程途中意外俘获的几艘西班牙商船，成了这趟英勇之旅的全部收获，可却完全无法与巨大的耗资以及令英格兰面临被敌国入侵的风险相抵。在那场飓风之后，伊丽莎白本不愿让舰队出征，她是由于再三的劝说才妥协的，现如今竟招致这样的结果。她的盛怒不可避免。管理不当、罪大恶极、不可原谅，财物与声誉方面严重的损失，再加上此举导致英格兰的国运在接下来仍要面临迫近的威胁，这便是女王对这次远征的总结。她认为唯一的补偿是，自己现在吸取了教训。她一直极其不信任的策略，即发动危险而昂贵的远征，如今已被证明确实毫无意义。她不会再做这样的尝试了。她向伯利宣布，她将禁止舰队再驶出英吉利海峡。而这一次，她遵守了自己的诺言。

埃塞克斯遭到冰冷的抨击，他竭力为自己辩解，却徒劳无功，悲愤交加，于是离开宫廷，去了自己位于伦敦东郊旺斯特德的乡间别墅隐居。在那里，他给女王写了一封充满悲情的信，他说女王待他"如陌生人"："我宁愿让自己的病体与不安的心灵委顿于某处休息，也不愿在您近前生活，如众人一般遥望您的威仪。"

"至于我自己，"他补充说，"再提笔写下那些您并无兴趣了解的事情也是多此一举。"不过，他仍向她保证，"尽管因冷酷的对待受挫，但我的心一如既往，与先前我被您的美丽征服的时日并无不同。这个礼拜日的晚上，我只能在病榻上虚度。虽因您的冷酷而受伤，但初心不改的仆人 R. 埃塞克斯敬上。"

"被美丽征服！"读到此处，伊丽莎白会心一笑，但她并没有因此消气。尤其令她恼火的是，埃塞克斯作为一名伟大将军的声誉并没有因为这次失败受到影响。公众大多将这次失败的原因归结为运气不好、天气太差、罗利从中掣肘。他们想到了各种原因，唯独没有真正的原因——总指挥的无能。他们都是傻瓜，只有她看透了真相，可她不希望如此。有一天，当她在白厅的花园里大谈特谈这一观点时，弗朗西斯·维尔爵士鼓足勇气，为不在场的埃塞克斯辩护。伊丽莎白友善地听着，偶尔插上几句，接着改变了语气，把维尔爵士带到一条小路的尽头，坐下来，跟他深谈良久。他们谈的自然是埃塞克斯，关于他的行事方式、思维方式、不知餍足的性格，以及讨人喜欢的举手投足。没过多久，她便给他写信，询问他的身体状况。随后她又写了一封，同样是慰问，但语气变得急切。她心里是希望埃塞克斯能够回到宫廷的，没有他的日子实在乏味，过去的不快都可以一笔勾销。接着她又写了一封信，暗示自己会原谅他。"我最亲切的女王大人，"埃塞克斯回信写道，"您的善意与频繁来信如冬日暖阳，足以慰藉一个病人，我想就算是半死之人也能因此重获新生。自从我情窦初开以来，我从没有一天，哪怕是一个小时，不曾怀有希望与妒忌之心。而且，只要您仁慈待我，这希望与妒忌便将始终伴我左右。如果陛下您愿意用内心的甘美哺育前者，并以爱的公正帮我摆脱后者，您将使我永远如沐春风……由此，恭祝陛下万福，我在此谦卑地亲吻您美丽的双手。"

这封信彻底解开了女王的心结。信的措辞因模棱两可而更显诱人，融化了她残存的怨恨。埃塞克斯必须立刻回宫，她已经为二人再一次令人感动的冰释前嫌做好了准备。

但女王并未很快如愿。当看到自己回归宫廷的切实前景时，埃塞克斯却裹足不前。此时他身边没有像弗朗西斯·培根这样聪明的顾问，给他出主意的只剩下母亲和姐妹们，以及投靠在他门下等待出人头地机会的各路莽夫。然而他却打算听取这些人的建议，准备开始玩一个可疑的把戏。远征亚速尔群岛失利的事实，让他更急切地渴望证明自己。他给女王写的信混杂着真心的悔意和狡诈的谄媚，收到了预期的效果。女王希望他能回宫，这没问题，她会如愿以偿，但也必须付出代价。他想到目前，有一些事情让他极其不满。不仅是罗伯特·塞西尔在他出征的这段时间成了兰开斯特公爵领地的领主，还有在他回来一周之前，艾芬厄姆的霍华德爵士被封为诺丁汉伯爵。这实在有些过分，给他的谕旨上甚至写着，获封的原因包括攻下加的斯。全世界都知道，加的斯大捷是埃塞克斯一个人的功劳。诚然，谕旨自然还提到了挫败无敌舰队。况且霍华德已年逾六旬，这次获封更像是对他一生效忠王国的奖赏，这么看倒也说得通。然而，还有一个严重的问题，这个问题瞎子都看得出来。反正旺斯特德那些头脑发热的门客是这么看的——这些都是事先安排好的，是对埃塞克斯的故意打压。在远征加的斯之前，霍华德就曾经试图以海军上将的身份压制埃塞克斯，当时埃塞克斯尚且可以凭借伯爵的身份跟他分庭抗礼。可是现在他没办法了：如果海军上将还获得了伯爵的封号，那么根据法律，除首席宫务大臣、内务府大臣和典礼大臣之外，他的地位将在所有伯爵之上，无人能出其右，所以埃塞克斯往后都得听命于这个诺丁汉暴发户。在这种情况下，他拒绝返回宫廷，有谁会感到意外？他可不愿意受人之辱，倘若女王真心希望见到他，就必须避免这种情况发生。她需要做出一些宠幸于他的实际举动，向世人表明，他的地位并没有因为远征亚速尔群岛的失利而被削弱，反而比以往更加稳固。

接着旺斯特德方面传出消息，埃塞克斯的身体状况依然不佳，回归仍需时日。女王生气了。她的登基纪念日——11 月 17 日即将到来，依例举行的庆祝活动将会缺少一些东西，肯定是这样，毕竟缺了……但她拒绝为此分心。她变得焦躁不安，阴云笼罩着宫廷。埃塞克斯的回归与否成了众人心头上的大事。亨斯顿勋爵曾给他修书一封，婉言相劝，但无济于事。随后伯利也写了信，不失幽默感地写道："我听说阁下病得颇重。但我相信，多吃热食一定能够康复。"但直到登基日活动结束，埃塞克斯都没有现身。伯利再次写信，甚至诺丁汉伯爵也以伊丽莎白时代特有的雅致文辞给埃塞克斯写了信，表明自己想和他友好相处。他怀疑："有一些小人使了手段，令阁下对我怀恨在心。然而请您明鉴，倘若与您有关的诸多事宜，我有半分加害于您的意图，就让我永远不得跻身天国！"在众人的规劝下，埃塞克斯动摇了，于是暗示自己可以回归，只要女王提出明确要求。可现在变成了女王不愿妥协，她不再提及此事，她还有更重要的事情要操心，和法国大使的谈判正在进行，她必须集中精力。

对付法国大使确实需要多加谨慎。国际形势又起了变化，充满不确定，伊丽莎白发觉现在进行决策的难度前所未有。在无敌舰队返回费罗尔港后，费利佩奇迹般地恢复了健康。他派人找来马丁，众人都以为马丁这次肯定会被送上绞刑架。然而他们错了，国王找他，完全是为了商讨明年春天征讨英格兰的事宜。将有第四支无敌舰队重新组建。他们要付出前所未有的努力，纠正过去的错误，而这次出征的结果是板上钉钉的。一份国务文件起草完成，写明了确保出征胜利而必须采取的计划。首先，这份伟大的文件如是写道："我们要求得上帝之恩蒙，努力纠正往日之罪过。当然，鉴于国王陛下圣心已决，且任命了一位经验丰富的统帅，我们只需保证命令得到执行，并不断下达命令即可。"其次，重中之重是搞到一大笔钱："以极迅捷之速度，以一切可用的合法之手段。至于钻研竟哪些手段合法，则需召集一个神学研究会。此事交由饱学之士处理，他们的意见应当被采纳。"显然，有如此高明的计划，这次出征的结果毋庸置疑。

不过，在讨伐英格兰的计划越发成熟之际，费利佩也越发迫切地寻求与法国议和。亨利四世逐渐站稳了脚跟，在夺回亚眠之后，开启谈判的时机已经到来。法国国王希望实现和平，他也看到了和平的可能。但是，在达成这一结果之前，他需要同两个盟友——英格兰与荷兰协商。他希望说服他们，从而实现全面和平，为此他派遣了大使德·迈斯来到伦敦。

如果德·迈斯希望自己的建议能够得到迅速答复，那他免不了要大失所望。他在英格兰宫廷受到了热情接待，但是，随着他的要求越发明确，他得到的答复却越来越含糊。他与伊丽莎白进行了几次面谈，这位尊贵的女性并没有惜字如金，相反她十分健谈，对所有话题都大发议论，除了正经问题。大使感到困惑、惊讶，但又为她的谈吐折服，而女王则从一个话题谈到下一个，从音乐到宗教，从舞蹈到埃塞克斯，从基督教国家到她本人的执政成就，口若悬河，滔滔不绝。她谈到了费利佩国王，她说费利佩曾 15 次试图置她于死地。"这个人想必是过于迷恋我了。"她笑着补充说，然后叹了口气。她对宗教分歧导致的世事纷乱感到遗憾，她认为这些分歧本身根本不足挂齿。她引用贺拉斯的名言："昏君闯祸，黎民受苦。"[1] 没错，这些都太过正确；她的人民在受苦，她爱她的人民，她的人民也爱戴她，她宁可死去，也不愿这种相互情感折损半分。然而，这种情感到底不可能持续到天长地久，因为她已经来到了坟墓边缘。接着，不等德·迈斯想出客套话宽慰她，"不，不！"她突然郑重地宣布，"我想我还不会那么快死去！我可没你想的那么老，大使先生。"

女王的衣装永远令德·迈斯惊讶，他在日记里做了持续记录。

---

1. 出自《贺拉斯书信集》。贺拉斯（Horace，前 65—前 8），罗马帝国奥古斯都统治时期著名的诗人、批评家、翻译家，代表作有《诗艺》等。

他得知，在一生当中，女王保留了她所有的裙子，她的衣橱里总共有大约 3000 件衣服。大使先生甚至目睹过超乎寻常、令人惊讶的场面。有一次，他看到伊丽莎白站在窗前，身上穿着一件极不寻常的衣服——黑色塔夫绸礼服裙，以意大利风格剪裁而成，上面有宽大的金带装饰，袖管敞开，露出深红色的衬里。裙子的前身完全敞开，里面有一件白色衬里，但也同样是完全敞开的，直到腰部。慌张的大使几乎不知道该看哪里。每当他瞥向女王，他便觉得自己有失礼数，而他的尴尬又随着女王的从容自在而加剧，她说话时头不时向后仰，双手抓着两侧的衣服褶皱，有意无意地向外拉，拉到如大使所写"我连她的肚脐眼都看到了"的程度。这套衣服还配了一顶红色假发，发丝垂到她的肩头，上面缀满了珠宝。她的手臂上则缠绕着一串串珍珠，手腕上还戴着珠宝手镯。大使到场后，她坐下来，又跟他侃侃而谈了几个小时。法国人确信她是在试图扰乱他的心思，也许是这样的，也许只是这个谜一般的女人在穿上这样一件衣服之后，给这个上午制造了一点点模糊和梦幻的氛围。

埃塞克斯的缺席对整个宫廷造成了影响。德·迈斯不失敏锐地察觉到了其中紧张的气氛。这位显赫的伯爵隐居在伦敦郊外，让自己处在自我囚禁和遭到流放的状态之间，使得宫中人心惶惶，每个人都心怀恐惧、期望和种种盘算。提及此人，女王表面上非常坦率，但从未表露自己真实的想法。她向大使保证，假如埃塞克斯在远征亚速尔群岛期间真的存在失职行为，她肯定会让他脑袋搬家，但事实上她已经对整个事件进行了非常彻底的调查，并且可以断定他是无罪的。她表现得很平静，关于本可能处死伯爵的说法似乎是一种半开玩笑的夸夸其谈。她很快便把话题转到了其他方面。但廷臣们显然不及女王淡定。有一些奇怪的流言在四处传播，有人说埃塞克斯已经宣布自己要去西部，并表示他身边有很多兢兢业业效忠于王室，却始终不得重用的绅士，他们这些人再在伦敦附近惹人碍眼，恐怕会招来不幸。埃塞克斯的敌人们到处散布这种谣言，但这种说法从未应验，埃塞克斯一直待在旺斯特德。

　　整个 12 月，在德·迈斯试图从伊丽莎白那里得到一些明确的说辞的同时，这场压抑的风暴一直在蔓延。埃塞克斯曾一度提议他跟诺丁汉之间的争执可以通过决斗来解决。奇怪的是，这个提议并未被采纳。诺丁汉也变得暴躁，他告病回家，并反复声称自己也要去乡下归隐。最后，在出人意料的时刻，埃塞克斯回到了宫廷当中。人们立刻明白他终于取得了胜利。28 日，女王任命他为英格兰典礼大臣。这个职位已经空缺多年，此刻恢复并授职确实可以看作女王宠幸于他的一个明确信号，因为这一任命意味着埃塞克斯的地位再度凌驾于诺丁汉之上。根据法律，典礼大臣与海军上将同级，且两人同为伯爵，因此地位较高的将是更早获封的埃塞克斯。

　　几天之后，德·迈斯准备回国。他的这次出访最终一无所获。他向埃塞克斯告别，后者以严肃的礼仪接待了他。埃塞克斯表示有一块巨大的乌云一直笼罩在他的头上，尽管它似乎正在消散。他不相信英格兰与西班牙之间有可能恢复和平，他不愿意参与相关的谈判。那注定徒劳无益，只有圣父与圣子之言才会被听从。然后他停顿了一下，阴郁地补充道："现在英格兰宫廷受到两大痼疾拖累——拖延和摇摆不定，而根本原因是君主的性别。"德·迈斯察觉到此人身上抑郁、愤怒和野心以奇怪的方式交织在一起，恭敬地告辞了。

伯爵可能依然悒悒不乐，但伊丽莎白却很亢奋。过去两个月难挨的悬念，两人多次悲惨的分离中时间最长、最令人焦虑的一次终于结束了。埃塞克斯终于回来了，全新的、令人愉悦的热情再度萌发。法国的事情可以等一等，她会派罗伯特·塞西尔对付亨利。同时她兴奋地寻找可以任她发泄精力的对象。嘿，刚好有苏格兰的詹姆斯！那个愚蠢的小伙子又开始耍把戏了，她会给他点颜色看看。她收到的消息称，詹姆斯正在派遣特使到欧洲大陆游说，请求各国协助他要求英格兰王位的继承权。他的继承权！这孩子简直是疯了。他大概觉得她已经垂垂老矣，但他会发现自己错了。她陷入振奋的愤怒之中，于是拿起笔，给她的苏格兰亲戚修书一封，这封信准会令他两腿打战。她开头写道："一开始有奇怪的、教人听不惯的流言传到我耳朵里，我并不当回事，毕竟消息千万，谣言最快。"然而事实并非如此。"我很遗憾，"她继续写道，"你太任性了，竟然放着安稳日子不过，一定要卷入无尽的争斗之中。匆匆忙忙地做那些事情，究竟有何意义？……我清楚地看到，我们两人的本性并不相同……你何必要派出那些特使，带着你的打算去找那些国王？我敢向你保证，你那些漏洞百出的说辞，传到再多国家也没用，因为我的真诚与对你的安危和荣誉真切关心的阳光，足以普照虚伪的流言蜚语和莫名其妙的鼓噪喧嚷……我敢向你保证，你正在打交道的是一位容不得任何冒犯和贬损的君主。就在前不久，她让一个比你强大得多的欧洲国王尝到了苦头，世人都看在眼里，而且很难忘记。所以，如果不认真赔罪，我可能会认真考虑找你算一算账……所以，我劝你好好动动脑子，做点明智的事情。"

在痛斥了詹姆斯国王一番之后，她觉得自己有信心再一次对付亨利。她告诉罗伯特·塞西尔，他将作为她的特使前往法国。罗伯特表面上表示同意并感谢，然而他的内心却感到不安。他不愿意长期滞留国外，尤其是在埃塞克斯在国内主持秩序的情况下。况且对于这次出使，他完全没有把握能够获得何种成绩。他决定敞开心扉，向对手坦白自己的焦虑。这个办法奏效了。埃塞克斯非常坦荡，他笑着回想起在他出征之际，国务大臣及兰开斯特领地都被罗伯特收入囊中，他发誓自己肯定不会做那样的事。但罗伯特依然忧心忡忡。就在这时，西印度群岛方面为女王送来一批珍贵的胭脂红染料。他建议女王准许埃塞克斯以 5 万英镑的价格全部收购，折合每磅 18 先令，而当时胭脂红染料的市价是 30 至 40 先令。他还提议可以把其中的 7000 磅免费送给埃塞克斯。伊丽莎白欣然应允，埃塞克斯也非常满意。他发觉自己跟罗伯特之间的关系不仅靠空洞的骑士精神维系，还有非常坚实的互惠互利。

在罗伯特乘船前往法国之后，一个极其令人震惊的消息传到了伦敦。一支由 38 艘快速平底船组成的西班牙舰队，载着 5000 名士兵，正在英吉利海峡穿行。伊丽莎白首先想到的是她的国务大臣。她发出急诏，想阻止他离开英格兰，但他已经出海，并且在迪耶普安全登陆，并没有遇到西班牙人。在迪耶普，他立刻给自己的父亲写信，向他详细报告敌人的军备情况，并在信封上写着"紧急，紧急，万分紧急"，还画了一个绞刑架，以提醒信使倘若在路上耽搁会有怎样的后果。在伦敦，人们没有半分犹豫。政府的磋商简单直接：迅速向各个方面发布命令，没有人去找神学家请教。坎伯兰勋爵受命率领所有他能找到的船只出海阻截，诺丁汉伯爵前往格雷夫森德，科巴姆勋爵奔赴多佛，罗利负责在沿海提供补给，埃塞克斯在陆上待命，随时准备击退敌人的入侵。然而警报很快解除，亦如它发生之时。坎伯兰的中队在加来城外发现了西班牙人，一举击沉 18 艘平底船。其他平底船逃回港内，再也不敢露头。

埃塞克斯履行了承诺，在国务大臣缺席期间，他代为履职，但并没有试图动摇后者的地位。实际上，在这段时间，他的兴趣似乎有所转移，政治权谋让位给了寻芳猎艳。1598 年初冬的日子，他与宫廷里贵妇人们打得火热，像是在借此驱散寒意。关于他的传闻很多，而且大多不堪。据说他和女官伊丽莎白·索斯维尔育有一子，另外还跟玛丽·霍华德夫人以及女官拉塞尔有染。一份宫廷八卦密报言之凿凿地声称"天生尤物布里奇斯"再一次俘获了埃塞克斯的心。当他在觥筹交错间挥霍时光时，埃塞克斯夫人与伊丽莎白都感到不安。女王高亢的情绪一下子崩溃了，欧洲时局和宫廷状况都令她不满。她变得喜怒无常，暴躁多疑。但凡有一点疏忽，她就会对自己的侍女大发雷霆，直到让她们痛哭流涕。

她认为自己发现了埃塞克斯与玛丽·霍华德夫人的私情，一度怒火难抑。但她还是克制住了，决心伺机报复。机会很快便来了。有一天，玛丽夫人穿了一件极其华丽的天鹅绒衣服进宫，衣服上缀满饰边，还有珠宝与金饰装点。女王当时并未作声，但第二天早晨，她命人将这件衣服从玛丽夫人的衣橱中偷偷取来，晚上她便穿上了这件衣服，整个宫廷都为之惊诧。这件衣服在她身上的效果颇为怪异，因为她身材比玛丽夫人高挑，而这件衣服明显短了一截。"好了，夫人们，"她说，"你们觉得我的新衣服如何？"众人都不敢吭声，此时她特意来到玛丽夫人近前，俯视着她："亲爱的，你怎么看？这衣服是不是短了点，不合身？"可怜的女孩结结巴巴地表示同意。"那么，"女王高声说道，"如果这衣服是因为太短了而不适合我，那么它也不适合你，因为它太华丽了。"接着她便离开了房间。

这样的状况无疑令人不安，但埃塞克斯总有办法平复女王的情绪。很快，一切又恢复了安宁。随着春回大地，人们忘却了情欲与政治的僵局，自由自在地享受欢愉。在一个特别欢愉的时刻，埃塞克斯说服女王满足了他的一个心愿：她同意召见他的母亲——讨厌的莱蒂丝·莱斯特，她已经被逐出宫廷多年。然而，到了真正要跟她见面的时刻，伊丽莎白却屡屡爽约。莱斯特夫人一次又一次被带进枢密院，站在步道上等待女王陛下经过。可是不知为何，女王总是换另一条路离开。最后人们商定，由钱多斯举办一次盛大的晚宴，安排女王和莱斯特夫人在宴会上见面。一切准备就绪，皇家马车等候女王出发。莱斯特夫人站在门口，手里捧着一枚极其精致的珠宝，价值300英镑。可是女王突然派人送来消息，她身体不适，决定不参加这次宴会。这一天埃塞克斯刚好抱病在床，但一听到这个消息，他立刻起身，穿好衣服，命人送他从后门进宫，求见女王。可这并没有奏效，女王不肯见人，钱多斯夫人的晚宴只好无限期推迟。可是没过几天，伊丽莎白突然打开心结，莱斯特夫人被允许进宫。她来到女王面前，亲吻她的双手和胸脯，拥抱了她，而女王也回以同样的亲切问候。这次和解颇令人动容，然而这样和谐的时光能持续多久呢？

与此同时，罗伯特在法国经历了和当初德·迈斯在英格兰同样彻底的失败。他回到了英格兰，两手空空。5月初，不可避免的事情发生了。亨利同英格兰决裂，并通过《韦尔万条约》与西班牙媾和。伊丽莎白对此的评价极不大度。她说，法国国王是忘恩负义的敌基督者，她曾助他登上王位，现在他却抛弃了她。这的确是事实，但和其他人一样，狡猾的贝亚恩人也在打自己的算盘。不过伯利认为，现在需要的不仅仅是强烈谴责，他希望和平，因此认为现在跟随亨利的脚步才是上策。他相信费利佩已经准备好接受合理的条件。伯利是这样想的，但埃塞克斯完全不同意。他敦促女王实行相反的政策——大举进攻，迫使西班牙臣服。他开口便提出应当立刻攻打西印度群岛。伯利则委婉地提起了亚速尔群岛的失败，于是埃塞克斯与塞西尔家族再次展开了长期的激烈争执。这场争执将枢密院变成了战场，战争与和平、英格兰的命运以及互相敌视的大臣们的野心缠斗在一起，而女王则稳坐高位之上，倾听着、赞同着、激烈地反对着，青睐从一边转向另一边，但从未下定决心。

这场争执持续了一个又一个星期。埃塞克斯手里最强力的一张牌是荷兰问题。他问，我们是否要对荷兰玩亨利曾对我们玩的把戏？我们是否要把我们的新教盟友拱手让给"温柔慈悲"的西班牙人？对此伯利表示，荷兰人也可以加入全面和平的行列，他用爱尔兰反驳荷兰问题。他指出，想要有效制止爱尔兰的叛乱，避免英格兰的资源被大量消耗，唯一的良策就是与西班牙媾和。这样一来，爱尔兰叛乱分子才会失去西班牙的资金和援军支持，英格兰也能够把全部精力用在平定叛乱上，从而一劳永逸地解决这个问题。当时的事态无疑是为他加分的。爱尔兰总督猝然离世，都柏林出现了混乱，在经过一段时间的调整性休战后，北爱尔兰叛军领袖泰隆卷土重来。6月时消息传来，叛军正在围攻黑水河上的堡垒，这是英格兰方面在爱尔兰北部的主要据点之一，驻军已经陷入极其危险的境地。新的总督尚未被任命，该由谁来承担这个困难重重的职务呢？伊丽莎白左右为难，根本无法做出决断。看上去，爱尔兰问题即将变得和西班牙问题一样让人难以忍受。随着盛夏到来，枢密院会议的讨论也不断升温，争执双方的怒火不断爆发。有一天，在埃塞克斯就他最喜欢的话题——与西班牙媾和之罪恶，发表了一次慷慨激昂的演说之后，伯利从口袋里掏出一本祈祷书，用颤抖的手指指着《诗篇》第55篇中的一段。"嗜血成性的诡诈之徒，"他对着埃塞克斯念道，"绝活不过半生的年岁。"他是出于愤怒做出这样的斥责的，但人们对此印象深刻。后来一些人回想起这位年迈的财政大臣的预言，不免感到敬畏和惊异。

埃塞克斯觉得自己被人误解了，于是写了一本小册子来解释自己的观点。这本小册子言辞优美，但没能打动任何一个原本反对他的人。至于女王，她一如既往摇摆不定。荷兰派来一位大使，表示如果英格兰方面愿意继续作战，他们将提供一大笔资金。这一点很关键，她似乎终于开始倾向于反西班牙的政策了。然而很快证明这只是表象，女王没有任何实质性的决定，她还在犹豫不决。

神经越紧张，人的脾气就会变得越暴躁。很明显，事情将会朝着宫廷众人熟悉的、陡然出现的高潮发展。在他们惴惴不安的等待中，这高潮果然来了。然而它的实质是众人不曾想到的，当消息突然传来，所有人都感到震惊，仿佛脚下的大地倏然开裂。爱尔兰总督的任命问题已经变得非常紧迫，伊丽莎白意识到自己必须采取一些措施，于是便在各种场合反复提及这个问题，但并没有获得结果。最后她认为自己已经做出了决定，埃塞克斯的舅舅威廉·诺里斯爵士将出任这个职务。当她在枢密院宣布这个消息时，在场的大臣有埃塞克斯、海军上将霍华德、罗伯特·塞西尔以及掌印官托马斯·温德班克。正如通常情况下那样，所有人立刻拍案而起。埃塞克斯不想失去舅舅在宫廷对他的支持，他提议由塞西尔家族的追随者乔治·卡鲁爵士代为任职。这自然也有一箭双雕的考量，他觉得卡鲁爵士前往爱尔兰势必会削弱罗伯特的力量。女王不肯接受，但埃塞克斯也不愿退让。两人都很激动，坚持认为自己的人选更合适。争论的声调越来越高，声音越发响亮。最后女王明确宣布，不管埃塞克斯怎么说，诺里斯都必须走。埃塞克斯恼羞成怒，神情举止满是鄙夷，最后干脆转过身背对女王。女王当场扇了他一个耳光。"下地狱吧！"她愤怒地吼道。接着，更加不可思议的事情发生了，血气方刚的年轻人情绪完全失控，他跟女王对骂起来，还把一只手按在佩剑上。"你对我无礼在先，"他对着女王吼道，"我不会善罢甘休。"霍华德赶忙上前制止，把他从女王跟前推开。女王没有动弹，现场一阵死寂，接着埃塞克斯冲出了房间。

尽管埃塞克斯的举动已经足够匪夷所思，但宫中还有一件更怪的事，女王的举动同样不同寻常——她什么也没做。关进伦敦塔、送上断头台，天知道多么可怕的刑罚都并不为过，然而什么都没有发生。埃塞克斯隐居到乡下去了，女王则把自己包裹在一团迷雾当中，继续平日的工作与休闲。她在想什么？她被吓昏头了吗？她是因为太过生气，反倒不知如何是好了吗？旁人是不可能猜出她内心的想法的。她继续一如往常，直到遇上了……真正的阻碍。一桩严重的、不可避免的不幸之事到底发生了。伯利的生命走到了尽头。他本来便年事已高，饱受痛风之苦，再加上身居高位的重负，导致他的崩溃突然了些。他一直都是女王最仰仗的顾问大臣，40多年了，这时间久得简直让人难以置信！那时她还没当上英格兰的女王呢。她的主心骨，她一直这样称呼他，而现在，她的主心骨就要永远地离开她了。她顾不上别的事情，只能不顾一切地企望着、祈祷着，不断地探望他，在他的垂死的床边，如同童话里脾气乖戾的老女儿，怀着无比的深情守护着他。罗伯特派人送来狩猎而来的野味，伯利太虚弱了，连吃东西的力气都没有，于是女王亲手喂给他吃。"我请求你继续替我报效女王，"

他在给儿子的信中写道，"她那无上的恩典让我无以为报。纵然她不愿成为人母，但她依然愿意用她那高贵的双手喂我进食，宛如尽责的保姆。但凡我还有一把力气，我一定会留在人间为她服务。倘若这次真的命数已尽，我希望能够在天上为她与上帝的教会效犬马之劳。此外，感谢你为我送来的鸸鹋。"

到伯利溘然长逝之时，伊丽莎白泣不成声。可她的眼泪还没流完，仅仅在伯利去世后 10 天，又有祸事降在她身上。亨利·巴格纳尔率领一支大军前去解黑水河堡垒之围，却遭到泰隆叛军的迎头痛击。整支大军被歼灭，巴格纳尔本人也战死沙场。整个爱尔兰北部，直到都柏林城下门户洞开，这是伊丽莎白在位时期遭遇的最惨痛的失败。

消息很快传到白厅，也传到了埃斯库里亚尔宫。费利佩国王的痛苦终于快到头了。可怕的疾病已经彻底压垮了他，他从头到脚都长满了烂疮，在难以言喻的痛苦中奄奄一息。他的病床被抬进了祈祷室，以便他将死的眼睛能够注视着高高的祭坛，直到最后一刻。他被修士、神父、祈祷者、唱诗者和各种圣物包围着。这不寻常的一幕周而复始，持续了 50 个昼夜。弥留之际的他也和平时一样，保持着绝对的虔诚。他的良心是清白的，他始终在履行职责，一直兢兢业业，他只为美德与上帝的荣耀而存在。困扰他的只有一个念头：对于焚烧异教徒的任务，他是否做得还不够？毫无疑问，他已经烧掉了很多敌人，但他本可以消灭更多。也许正是因为这一点，他并不如他所期望的那般成功？这当然很神秘，他无法参透——他的帝国似乎出了问题——钱总是不够用——荷兰人——英格兰女王……正在他冥思苦想之际，一份文件送达。这是一封来自爱尔兰的急报，宣布了泰隆的胜利。他躺回枕上，精神为之一振。很好，他的虔诚与德行都得到了回报，局势终于逆转。他口授贺信一封，寄给泰隆，勉励他再接再厉。他承诺会继续予以支持，然后预言了异教徒的末日，那异教女王终将覆灭。很快，第五支无敌舰队……他说不下去了，痛苦袭来，他昏迷了过去。当他醒来时，黄昏已至。他身下的祭坛传来歌声。一支圣烛被点燃，放在他手中。他的手越攥越紧，火焰在他脸上投下摇曳的阴影。于是，在狂喜与煎熬之中，在荒谬与伟大之间，在欢愉、悲惨、恐怖与神圣交错之下，费利佩国王离去了，踏上了面见三位一体之神的道路。

第十一章 埃塞克斯的军事野心

埃塞克斯的隐居所仍是旺斯特德，这次在那里，他一直处在不安、困惑和不悦的状态。他的内心始终充满矛盾，比以往任何时候都要极端。有时，他觉得自己应该匍匐在女王脚下，无论如何，他都要找回她的宠爱和陪伴，以及长久以来因此而获得的种种好处。然而他又无法，也不愿承认自己有错。她对他的侮辱是无法忍受的，当他重新想起那天发生的事情时，内心的怒火依然难以遏制。他要告诉她自己对她的看法。他一直不都是这样做的吗？自从10多年前的那个夜晚，他严厉地责备了她，而罗利就守在门口？他仍要责备她，激情不减当年，但要比那时更加恰切地运用悲伤与深沉。"陛下，"他写道，"当我想到自己爱慕您的美貌胜过一切，同时除了博取您的宠爱，我的生活别无其他乐趣，我便会对自己感到奇怪，我竟然会有离开您的这一天。然而，当我想到您对我和对您自己都做了不可容忍的错事，不仅破坏了一切情感的法则，而且违背了您身为女性的荣誉，我便认为，待在哪里都比留在我当时所在的地方更好。我可以承担一切风险，这样才能确保我从那些虚假的、摇摇欲坠的、诱人屈服的欢乐记忆中全身而退……我从不曾想过我应该是骄傲的，直到陛下想让我卑微。而现在，既然我的命运并未因此改善，我的绝望也当如我的爱慕，不曾有一丝悔意……我必须把我的心灵交给审判一切的上帝去审判，因为在这人世间，我找不到真切的权威。祝陛下在这世间享有一切快乐与荣耀，也愿您除了失去一颗真心，以及被佞臣环绕之外，不会再因您的错失招致其他惩罚。您最忠实的仆人，R. 埃塞克斯敬上。"

当黑水河的悲报传到他耳中时，他又写了一封信，表示自己愿意为国效力，并匆忙前往白厅。然而他并未被准许进宫。"他耍我够久了，"据说有人听到伊丽莎白这样说，"现在轮到我耍他了。他敢挑战我的底线，但我也有我的尊贵。"埃塞克斯又写了一封长信来劝说女王，其中引用了贺拉斯的话，并表示自己一定会尽职尽忠，"我留在这里没有别的目的，只是为了能随时听你差遣。"女王命人给他捎了个口信作为答复："告诉伯爵，我对自己的重视程度一点也不比他对自己的重视少。"埃塞克斯继续搜肠刮肚："我必须承认，作为一个男人，我对您天生丽质的倾慕，胜过对君王之力的折服。"他得到了进宫面谈的机会。女王并没有冷眼待他，在旁人看来，两人似乎冰释前嫌。然而事实并非如此。埃塞克斯最终带着比以往任何时刻都要消沉的心情，回到了旺斯特德。

很明显，女王等待的是诚恳的道歉。由于未能如愿，两人的关系陷入了僵局。在宫廷的温和派看来，现在应该想办法让埃塞克斯认识到问题的本质。于是，掌玺大臣埃杰顿给埃塞克斯写了一封言辞恳切的劝告信。他问："难道阁下还不明白你现在的做法有多危险吗？这难道不是在令亲者痛心而仇者快意吗？阁下是不是忘记了自己的朋友？是不是忘了应该以大局为重？现在你只有一件事可做：务必乞求女王的原谅。至于当时孰对孰错，现在都已经没有分别。你不是也曾经试图辩解，结果却适得其反吗？为什么呢？因为你无论做什么，都不可能让所有人满意。这不就是你招致麻烦的原因吗？咱们都在屋檐之下，向时局、责任和宗教低头，顺从你的君主，这些才是正确的做法。跟女王相比，你个人的责任算得了什么？""我的好伯爵，"埃杰顿总结道，"人世间最难征服的，还是你自己。实现这个目标需要你付出所有的勇气与毅力，而人所有光荣的行动，全都是为了实现这个目标。征服你自己，会让上帝欣悦，让女王满意，你的国家也会因此得益，朋友们会得到宽慰。而你的敌人，倘若真的有恨你入骨之人，他们定会为此失望至极。"

埃塞克斯的答复是令人印象深刻的。他以同样恳切的言辞，逐一反驳了掌玺大臣的观点。他否认如此行事令自己和朋友蒙受损失。他写道，是女王的做法让他只能这样做。当女王"逼他到山穷水尽之地"，他还怎么为国家效力，尤其是他已经被"拒斥、遣散、不再任用"？他继续写道："我当然对女王负有不可推卸的责任，但那只要求我效忠，我永远不会，也不可能不忠于女王陛下。侍奉女王的责任是不可解除的。作为伯爵，作为英格兰的将军，我永远要为女王效力。我为她尽心尽力，但我不可能做她的附庸或者奴才。"他越写越激动，"可是你说，我必须低头、顺从，我办不到。我不可能接受莫须有的责难，更不可能承认这种责难公正合理……你说我是因为做了辩解才招致麻烦，但并非如此……我一忍再忍，承受一切，就算那些屈辱莫名其妙，我也未加反驳。"写到这里，他再也克制不住自己的情绪了，"上帝会同意这样的做法吗？不忍耐就是不虔诚吗？怎么，君主就是完人，不会犯错吗？我们这些臣民就不会遭受错误的对待吗？人间的权威也是全知全能的吗？请原谅我，请原谅我，我的好大人，你说的那些我都不敢苟同。让所罗门王的弄臣在他被击垮的时候尽情笑吧，让那些奸佞之辈为了捞好处尽管对国王五体投地吧，让他们随意承认凡间的王至高无上而漠视天上真正至高无上的主吧。至于我，我受到了错误的对待，也感受到了这一点。我知道我的清白无懈可击，无论发生什么，即便凡间的所有力量都压在我身上，我都将以更大的力量与决心，去抗衡那些试图强加于我的东西。"

这些话很有气魄，当然也很危险，仿佛谶语，而且极不明智。在一位面沉似水的都铎王朝君主鼻子底下宣泄共和主义情绪，会有什么好处？这样的演说要么太早，要么太晚。汉普登[1]大概会响应这些主张。然而实际上，罗伯特·德弗罗，埃塞克斯伯爵的愤怒之笔指向的是过去，而非未来。昔日那众多贵族的血脉在他的胸膛中涌动，他们曾对神之受膏者[2]弃若敝屣。没错！如果这

---

1. 指约翰·汉普登（John Hampden，1594—1643），克伦威尔的表兄，17 世纪 20 年代反对派领袖。
2. 即世俗国王。最初指犹太人的王在加冕时受膏油，后亦引申为接受某种职位。

135

是个出身问题，那么身为英格兰古老贵族的继承人，为什么要对某个威尔士主教管家的后裔低头？这便是他的狂热激情——中世纪最后的张狂，在这个文艺复兴时期的贵族身上再度闪耀。事实无关紧要，他那被盛怒激发的想象力宁愿将它们抛开。因为说到底，实际发生了什么呢？不过是他对一位老妇人无礼，这老妇人刚好是个女王，结果她扇了他一记耳光。这里没有任何原则问题，更不涉及压迫。仅仅是因为当事双方脾气都不好，以及他们个人的恩怨。

一个现实的观察者能够看出，对于埃塞克斯这样的人物，现在只有两个选项：优雅地道歉，与女王和解；或者，完全彻底地从公共生活中抽身而去。和往常一样，埃塞克斯的想法更倾向于后一个选项。但他并不是一个现实主义者，而是个浪漫主义者——热情、不安、时刻感到困惑，经常对显而易见的事实视而不见。就目前的情况而言，如果他真的不愿意再做如他自己所说"为了捞好处尽管对国王五体投地"的那种人，那他就必须下定决心，去查特利过读读书、打打猎的逍遥生活。他身边的人恐怕还不及他现实。弗朗西斯·培根在过去几个月一直疏远他，安东尼·培根是个狂热的追随者，亨利·卡夫为人轻率、愤世嫉俗。至于他的姐妹们，个个都极富野心，他的母亲一生都在和伊丽莎白争执不下，显然无法提供调和的建议。他的家庭圈子里还有两个人物。他母亲莱斯特夫人已经第三次结婚，她的现任丈夫是克里斯托弗·布朗特爵士。他是个魁伟的军人，还是个天主教徒，多年来一直对他的继子亦步亦趋。而且很明显，无论发生什么，他都会追随他的继子，直到最后一刻。

从各个角度来看，唯一态度不明的，就只有查尔斯·布朗特——蒙乔伊勋爵。这位一头棕发、身材高挑的漂亮年轻人，曾因骑马比武时的英姿博得伊丽莎白的青睐，并为她赠予他的那枚金棋子同埃塞克斯进行了决斗。随着时间的推移，他变得更加成熟，身家也越发显赫，兄长的早逝让他得以继承贵族头衔。每次埃塞克斯的远征他都以副官的身份参与，并且表现不俗。而且他从未失去伊丽莎白的宠爱。但他与埃塞克斯的亲密关系不仅仅是因为两人在战场上的合作，还由于一段奇特的恋情。埃塞克斯最喜爱的妹妹佩内洛普夫人，曾是菲利普·锡德尼爵士求而不得的"斯黛拉"[1]。她嫁给了里奇勋爵，锡德尼则娶了沃尔辛厄姆的女儿，后者在锡德尼去世后成了埃塞克斯夫人。佩内洛普的婚姻并不美满，里奇勋爵是个讨厌的丈夫，而她则爱上了蒙乔伊勋爵。由此，埃塞克斯的挚友和他最疼爱的妹妹之间产生了一种终生不渝的联系，既被社会默许又为其所不容，既无可争议又暧昧不明。于是，蒙乔伊和埃塞克斯之间的关系愈加亲密，导致他成为，或者说似乎成为埃塞克斯最忠实的追随者。这个小团体，埃塞克斯、埃塞克斯夫人、蒙乔伊和佩内洛普·里奇，被最深切的欲望和情感捆

---

1. 斯黛拉（Stella），源自拉丁文的"星星"一词，后来被菲利普·锡德尼爵士用在十四行诗集 *Astrophil and Stella* 当中。这本诗集被他专门献给了佩内洛普夫人，诗中 Astrophil（同样源于拉丁文，意为"星之恋人"）指诗人自己，而 Stella 指的便是佩内洛普夫人。

绑在一起。在他们所有人的头上与背后，都笼罩着英年早逝的翩翩骑士——菲利普·锡德尼爵士的圣洁阴影。

这样一来，没有任何人会劝阻埃塞克斯敛其锋芒。相反，他所在的环境的特性——个人奉献、家族荣耀以及军事热情，都合力促使他逆势向前。更远的一些影响也在起着相同的作用，在整个英格兰，埃塞克斯的声望居高不下。原因并不清晰，但效果很明显，他的英武形象俨然已经占据了公众的想象。他慷慨大方、彬彬有礼，他与罗利为敌，而罗利恰恰声名狼藉。现在埃塞克斯失宠了，似乎还被刻意排挤。清教徒占据多数的伦敦素来喜欢与政府为敌，这次依然如此，于是这位冥顽不化的伯爵莫名其妙地成了他们的新英雄。有人声称他是新教大业的顶梁柱，而埃塞克斯向来都乐意满足旁人期望，即便是这样的角色，他也没有明确表示拒绝。在伯利去世后，剑桥大学推举他担任下一任名誉校长。埃塞克斯对这样的恭维非常开心，为表示感谢，他向剑桥大学赠送了一只造型独特的银杯。这只怪模怪样的高脚杯至今仍陈列在剑桥副校长的办公桌上，提醒一代又一代英国人铭记历史的动荡与今日平稳的延续。

在个人激情与公众崇拜的双重驱使下，这个刚愎自用的人物时不时就会得意忘形，发表一些有关愤怒与反抗的奇谈怪论。其中一次发生时，克里斯托弗·布朗特爵士刚好在旺斯特德。尽管他继子的发言颠三倒四，并没有明确的指向，但却足以向他揭示埃塞克斯此时的精神状态，正如他事后所言，"愤愤不平，极其危险"。然而得意的泡沫终将散去，取而代之的是忧郁和踌躇。

他该怎么办？怎么办他都不满意：归隐、屈服、反抗，每一种想来都比另两种可悲。而女王依然毫无表示。

当然，伊丽莎白对这个问题同样摇摆不定。她摆出坚定的姿态，她告诉每个人，包括她自己，这次她真的下定决心了。但她记得很清楚，过去有多少次她在相同的情况下最终依然屈服，而经验总是表明，太阳底下难有新事。像往常一样，那个魅力无限的人物一离开宫廷，渐渐就会让人感到寂寞难耐。她的思绪不时飘到旺斯特德，那么近，又那么远，几乎就要再次妥协。然而不可以，她什么都不会做，她要继续静观其变。也许只要再熬一会儿，投降的就是他。于是人们隐约察觉，在她陷于停滞而内心挣扎的这段时间，一些危险的不确定因素渗透进来，让她思想的波动更加剧烈。无论在何时，这位女王都是眼观六路、耳听八方。她对公众情绪与舆论变动的感知非常敏锐，而她身边的很多人都在向她讲述关于那位失落的宠儿令人不悦的故事，辅之以他在全国各地与日俱增的人气——堪称非凡。有一天，一封埃塞克斯写给埃杰顿的信的副本传到了她的手上。女王过目之后心中一惊，她小心地掩饰着自己的情感，然而她无法再欺骗自己，在诸多令她烦恼的事由当中，埃塞克斯的问题开始让她感到惶恐。如果这封信里埃塞克斯说的是心里话，再加上他在这个国家的地位……她实在不喜欢眼前的状况。在这种情况下，那位传说中的狮心女王定然不会犹豫。她一定会当机立断，斩草除根。可真实的伊丽莎白绝不是这种风格。西班牙大使称她"畏首畏尾"，这只是肤浅之见。在面对危险或敌意时，真正促使她行动的是一种避险的本能。

如果旺斯特德那边真的有危险，她也不会主动出击。怎么会呢！她会安抚这危险，避其锋芒，不断拖延，拖延。这是她的本能。然而在她性格矛盾的转折中，同样也存在一种完全相反的倾向，尽管这种倾向——这就是人类灵魂的奇怪机制——最终还是会带来相同的效果。在她的内心深处，盘踞着一股异乎寻常的勇气。她保持着平衡，如果某一天她能发觉自己在深渊的钢丝之上依然游刃有余，那就更好了！她会明白自己可以应对任何状况，明白一切都会好起来。她可以从任何一种策略中获得乐趣，躲避风险或是出手控制。她将以非凡的方式完成一生的工作，包括哪些呢？扑灭火焰，还是与火共舞？她笑了，这可不取决于她！

于是，当不可避免的和解到来时，双方并未彻底打开心结。具体的细节已无从得知，我们不知道和解的条件是什么，只知道借口是爱尔兰方面的又一噩耗。理查德·宾汉姆爵士被派去指挥军事行动，可 10 月初他刚到都柏林，便不幸离世。前线再度陷入混乱，埃塞克斯又一次主动请缨，这次他的请求被接受了。很快，女王又像以前一样，跟她的宠臣共处一室。似乎过往的一切都被抹去。埃塞克斯，如他所愿成功恢复了旧日的地位，仿佛那次争执不曾发生。然而事实却并非如此，眼下的局面是前所未有的，两人之间的信任消失了。这是第一次，双方对彼此都有所保留。在埃塞克斯这边，无论他的言语、神情，甚至是某一时刻的情绪如何，脑海中受伤和被蔑视的感觉都不曾消散，这也正是他给埃杰顿写的那封回信中的情感。他返回宫廷，依旧像往常一样桀骜不驯，郁郁寡欢，只是盲目地受权力的引诱而来。而伊丽莎白同样也没有忘记曾经发生过的事情，枢密院的那一幕仍让她心有余悸，她察觉到那些牢骚中藏着危险。于是，就算他们再次像往常一样谈笑风生，伊丽莎白也时刻保持着警惕。

然而这些都是难以确定的微妙之事，因为这段时间在白厅、格林威治宫和无双宫，这些细枝末节都是一闪而过的，甚至连弗朗西斯·培根都无法完全确定究竟发生了什么。可能埃塞克斯真的再一次占据了上风，可能在伯利去世后，塞西尔家族的势力大不如前，过于笃定总是不太明智的。这一年多以来，弗朗西斯一直在向塞西尔家族靠拢，同时避免与埃塞克斯来往。他曾多次写信问候国务大臣，而他的努力终究得到了非常令人满意的回报。一个新的暗杀阴谋——天主教阴谋——浮出水面，嫌疑人已被抓获，弗朗西斯奉命协助政府解开疑团。这份工作很适合他，它不仅可以让他充分展现自己的情报能力，还让他有机会更近距离地接触一些显要人物。事实证明，他当时非常需要这样的机会。他始终没有办法把自己的财务问题解决妥当。民事审判庭首席法官和哈顿夫人都与他无缘，他现在不得不寄希望于重回星室法庭书记官的职位，这个职位的薪酬当然不能让他满足，他看重的是未来的前景。然而有那么一瞬间，这个前景出人意料地变得真切。当时的书记官被指控犯有贪污罪，埃杰顿勋爵奉命和其他人一起侦办此案。倘若书记官的罪行属实，弗朗西斯将接替他的职位。他给埃杰顿写了一封密信，表示自己愿意把这个职位让给埃杰顿的儿子，但有一个条件，即掌玺大臣要为他谋求一个地位相当的职位。这个计划并未成行，因为书记官没有被免职，而弗朗西斯等待官复原职已经足足 10 年。在这段时间里，他债台高筑。他只能继续四处借钱，向哥哥、母亲，以及特罗特先生求助，情况越发堪忧。结果有一天，调查完与暗杀阴谋相关的囚犯，在从伦敦塔回家的路上，他因债务问题被捕。不过，他立刻向罗伯特·塞西尔和埃杰顿求援，两位大人物帮他渡过难关，他也得以继续完成公职工作。

然而，如果说国务大臣能为他所用，那么埃塞克斯或许也同样如此，后者现在重回宫廷，最好还是写信问候一下吧。"阁下，"弗朗西斯说，"得知您官复原职，没人比我更高兴了。我敢肯定，这是命运对您最漫长的一次试炼，也将是最后一次。"他希望"以此为基础，经验能催生出更完美的知识，而以知识为基础，您能够收获更加真实的声望……由是，在女王陛下委任您新的职务之后，我谨在此向您致以深切祝福"。

到目前为止，顺风顺水。但现在，人们看到乌云正在地平线上聚集，又一场暴风雨显然不可避免，白厅的观察者们无不为之心忧。爱尔兰总督的委任仍悬而未决。在夏天那次可怕的争执之后，这一问题并未得到任何解决。现在它已经迫在眉睫了，毕竟想要解决爱尔兰问题，这将是至关重要的第一步。女王相信自己已经找到了合适的人选，那就是蒙乔伊勋爵。除了倾心于他的外表，她对此人能力的评价也颇高。得知女王的打算后，蒙乔伊勋爵欣然同意。于是这个问题有望在短时间内得到解决，蒙乔伊勋爵不仅有可能在爱尔兰力挽狂澜，还会让白厅重回安宁。然而突然间，风向又变了。埃塞克斯再次对要将他的支持者派往爱尔兰表示抗议。他宣称，蒙乔伊无法胜任这个职位，他不过是一介书生，平定叛乱实在是难为他了。看上去，新一轮的剑拔弩张、僵持不下又要开始了。有人问埃塞克斯，他建议谁担任爱尔兰总督呢？几年前，弗朗西斯·培根曾给他写过一封信，刚好谈到了有关爱尔兰问题的建议。"依鄙人愚见，"这位谋士写道，"倘若阁下愿意在此事上利用您的声望，也就是假装接受爱尔兰总督之职，很可能会让以泰隆为首的叛党不战而降，从而进一步巩固您的声望。"弗朗西斯认为，这个计划只存在一个障碍——"阁下的假意最后很可能成真。"我们无法预知枢密院会议上的走向——复杂、隐秘、虚虚实实。但我们似乎可以肯定的是，当埃塞克斯被问及该由谁来替代蒙乔伊时，他记起了弗朗西斯当年的建议。在卡姆登的记录中，埃塞克斯的建议是，"务必派最出色的贵族人物前往爱尔兰，此人需大权在握、荣誉加身、身家显赫，在军中卓有威望，而且具有统率军队出征的经验。他这么一说，几乎就相当于用手指着自己"。听罢此言，国务大臣像往常一样面沉似水，沉默不语。埃塞克斯在想什么呢？倘若他真的去了爱尔兰，那将是一个颇有风险的决定。但如果真的是他自己想去，这其实是个好消息。他思索前景，盘算各种可能。其实不难推测，埃塞克斯只是假意请缨，他不可能不知道离开英格兰有多危险。然而罗伯特和他的表弟弗朗西斯一样，深知这位勇士的弱点，舞刀弄枪、挂帅出征对他的吸引力太大了。"假意最后很可能成真。"他认为自己已经看破了局势。"我们的蒙乔伊勋爵，"他告诉一位秘密通讯员，"已经被提名了。但我私底下要说，我认为最后被任命为总督的将会是埃塞克斯。"他在桌案后面奋笔疾书，没人知道他究竟搞了哪些小动作。我们只知道，在枢密院会议中，仍有一些人坚持应当任命蒙乔伊，埃塞克斯对自己的提议遭到反对和漠视感到不满。就在此时，又有人提起了威廉·诺里斯爵士的名字。

一旦遭遇反对，埃塞克斯就会丧失理智。他又进入了越想越生气的状态。提名蒙乔伊已经让他非常恼火，现在诺里斯的名字又冒了出来，成了压垮他的最后一根稻草。他开始大肆抨击对二者的提名意见，同时悄悄地——在做出批评之后，这样的过渡顺理成章，不可避免——为自己提名。一些大臣支持他的主张，认为一旦伯爵出马，叛军定会闻风丧胆，女王也倾向由他挂帅。于是埃塞克斯发起了又一场斗争，把矛头指向自己的盟友蒙乔伊和诺里斯，并且一定要战而胜之。弗朗西斯的预言实在太过真实，这个莽夫果真弄假成真了。他最终如愿以偿。女王结束了讨论，宣布了决定：既然埃塞克斯胸有成竹，而且如此渴望爱尔兰总督之位，那么他应该得偿所愿，她将任命埃塞克斯成为爱尔兰总督。埃塞克斯志得意满，昂首阔步离开白厅。罗伯特也带着欣喜的心情和他那一成不变的沉稳表情，迈着蹒跚的步子告退了。

过了很久，埃塞克斯才明白究竟发生了什么。无论是当下还是未来，在英格兰还是爱尔兰，胜利令他极为亢奋，决心勇往直前。"我已经在枢密院里击败了诺里斯和蒙乔伊，"他在给自己的朋友兼支持者约翰·哈灵顿的信里写道，"上帝保佑，我将在战场上击败泰隆，毕竟到目前为止，我还没有赢下任何能让女王以我为荣的功业呢。"

自然而然地，先前的剧情再度上演，各种习惯性的困难、失望和拖延轮番出现。伊丽莎白对每个细节都争执不休，每天都在改变她对于军备规模和性质的考量，并且对新任爱尔兰总督的职权范围展开激烈的讨论。在每天的唇枪舌剑中，几个星期过去了，埃塞克斯的喜悦渐渐转为忧郁。也许这次他主动领命是不明智的，后悔向他袭来，未来一片黑暗，困难重重，他将去往何方？悲戚的感觉将他淹没，但现在太晚了，退无可退，他必须鼓起勇气，面对不可避免的前景。"我要去爱尔兰，"他致信年轻的南安普顿伯爵，此人已是他忠实的门徒，"女王之命已下，无可更改，大臣们也在催促我速速出征。我被自己的盛名所累，不可能找任何借口。况且，临阵脱逃既不体面，也不应当。因为那样的话，爱尔兰恐将沦陷，就算此为天意，我也难辞其咎，毕竟我见此危局，受命解困，却未能履行职责。"他表示他也很清楚此时离开宫廷的种种不利——"给政敌可乘之机""任各路王公贵族随意构陷，在他们口中，声名显赫比声名狼藉更危险。"他也意识到并列举了爱尔兰战场的种种困难。他写道："对于所有这一切，我需要预见的，现在我都预见到了。"然而，他又一一驳斥了反对他勇往直前的理由。"瑕疵过多的成功便是危险"——就让他们躺在借口或是先前的功劳簿上苟活吧；"过于成功惹人眼红"——我绝不会因为害怕遭人排挤而放弃美德；"宫廷才是平步青云之梯"——但我想领兵作战比说俏皮话更让我高兴……"这些都是我的个人之见，"他总结道，"我日思夜想的东西，不可能讲给外人听。但你就好比是世上的另一个我，我无法向你隐瞒。"

偶尔也会有阴霾散开，希望重现的时刻。女王展露笑颜，分歧消失了，空气中再度弥漫着类似于昔日快乐自信的氛围。1599年的主显节前夜，宫廷为欢迎丹麦大使，举行了一场盛大的晚宴。女王和埃塞克斯在群臣面前手挽手跳起了舞。那个象征着幸福顶点的景象一定在很多人脑海中浮现。短短 5 年过去，却已物是人非。然而此刻却和当时一样，这两位大人物相拥在一起，带着他们各自的激情与莫测的心情翩翩起舞，六弦提琴奏响的乐曲依然悠扬，各色珠宝在火炬的掩映下璀璨耀眼。可有事情真的发生？也许，在二人奇异的伴侣关系之中，始终有一种欢愉，一如往常……然而，这是最后一次了。

伊丽莎白依然麻烦缠身——爱尔兰问题、埃塞克斯、战争与和平的永恒烦恼，然而她还是把这些暂且抛到脑后，花了几个小时将《诗艺》[1] 用散文体翻译成英文。对于爱尔兰的动荡，她已经习惯了。埃塞克斯虽然还是让人不舒服，但他似乎只是想借总督身份出出风头，现在她可以暂时忽略几个月前那些令人不安的推测。与西班牙的战事倒仍是个问题，但它似乎也将妥善地自动解决。在模棱两可的情况下，双方都不知如何是好，和谈没完没了地进行，再无战事发生，于是也就没有花费。实际上，它已经沦为一场没有硝烟的战争，这恰恰最合她的心意。

然而有一天，她受到了惊吓。一本书落到她手中——《亨利

---

1. 古罗马诗人、批评家贺拉斯的一封长信，信中结合当时罗马文艺现状，提出了有关诗和戏剧创作的原则问题，以诗体写就。

四世史》。她翻开来，发现扉页上赫然写着致埃塞克斯的拉丁文献词：献给最杰出、最尊贵的埃塞克斯及埃维伯爵、英格兰典礼大臣赫里福德及布尔奇耶子爵、查特利的费勒斯男爵、布尔奇耶及鲁恩爵士罗伯特。这是何用意？她草草翻阅整本书，发现它详细记述了理查二世失败及被废黜的历程，这是她向来反感的主题，因为它涉及一位英格兰君主被赶下台的可能。卡莱尔主教曾被要求发表一篇演讲，详细阐发了对被废国王之反对意见，这样的内容有何必要公之于众？这本邪恶的书究竟是何居心？她又看了一眼献词，不禁气血上涌。那完全是一种不加掩饰的谄媚，然而又远不止这么简单。"最尊贵的伯爵大人，以您的名号加持我们的亨利国王，他可以更自如、更妥当地面向公众。"[1]此人当然会推脱说"亨利国王"指的是这本书，然而这里不是还有一个极有可能的解释吗？如果亨利四世当时拥有埃塞克斯的名望与头衔，他对王位的争取将会得到更广泛、更坚定的认可。这是叛国罪啊！她赶忙命人召弗朗西斯·培根进宫。"这个人、这个约翰·海沃德，能不能判他个叛国罪？"她问道。"我想叛国罪恐怕不行，陛下，"弗朗西斯答道，"但判个重罪还是可以的。""什么重罪？""他这本书，很多段落都是从塔西佗那里剽窃而来……""以此入手，用一用拉肢刑具，我会想办法让他说出最坏的情况。"弗朗西斯尽力让女王满意，但女王余怒难消。不幸的海沃德虽然没被用重

1.Illustrissime comes, cujus nomen si Henrici nostri fronti radiaret, ipse et laetior et tutior in vulgus prodiret.——原注（这段献词的拉丁文原文。——译者注）

刑，但却被关进了伦敦塔。在伊丽莎白在位余下的时间，他一直被关在那里。

女王的疑心，在以这样意外的方式爆发之后，又沉寂了下来。在与埃塞克斯经过了又一次小摩擦之后，她最终签署了对他的任命，埃塞克斯正式成为爱尔兰总督。他于3月底启程，在民众的欢呼声中离开伦敦。人们坚信，这位新教徒伯爵一定能力挽狂澜，让国家重回安宁。然而，在宫廷当中，一些人对未来的看法与此不同，其中就包括了弗朗西斯·培根。他好奇又惊讶地关注着围绕爱尔兰总督之位任命而发生的种种波折。他实在有些不敢相信，这个轻率之人真的会掉入这样一个陷阱之中？当他发觉情况果真如此，埃塞克斯注定要前往爱尔兰就职时，他给埃塞克斯写了一封信，言辞平和，仅有勉励之意，并未表达他的恐惧或疑惑。他已经无计可施了。他个人对事态的理解让他确信此时再做警告已无意义，也不可能。对此他后来写道："我清楚地看到了他的覆灭。一个人在命运之旅中的种种意外，其实都可以通过先前的种种迹象做出判断。"

第十二章　埃塞克斯落荒而归

爱尔兰的情况，其实并不像人们预计的那般糟糕。在黑水河的惨败之后，全岛各地出现了零星的叛乱，边远地区的人们纷纷揭竿而起。但泰隆并未抓住时机，向都柏林挺进，反而在碌碌无为和犹豫不决中，浪费了英方守军孤立无援的这几个月。他其实是个更擅长谈判与拖延之道的人物，狡猾地讨价还价、旷日持久地周旋、明智地许下或毁弃承诺，而非当机立断、乘胜追击。泰隆在爱尔兰出生，在英格兰长大成人，既野蛮又斯文，既是天主教徒，也是个怀疑论者，同时还是个阴谋家、闲汉、投机客、幻想者。经过了多年的招摇撞骗、起起伏伏，他最终成了一位民族领袖，成了变幻莫测的欧洲政治风云中的一个支点。他宣称自己渴望平静生活，既没有新教的狭隘，也没有战争的残暴野蛮。古怪的是，他最终还是过上了这种平静生活。不过现在还没到最终时刻，在这段时间，一切都很混乱，充满不确定。他无法将自己英格兰伯爵的封号与奥尼尔家族族长的身份统一起来。他多次试图成为撒克逊人的附庸，但却因为惧怕本土民族主义的压力而裹足不前。他曾策划阴谋与叛乱，他开始和西班牙的费利佩国王暗通款曲。英格兰人不止一次对他恩威并施，将他逼到走投无路，却又恢复他的荣誉与封地。但他也不止一次背信弃义，利用英格兰方面忽冷忽热的政策，提升自己的权力与影响力。他将个人恩怨添油加醋，包装成民族耻辱。他勾引了亨利·巴格纳尔爵士的妹妹，不顾爵士的反对，将她掳走，女孩含恨而死。亨利爵士领兵来到黑水河畔，意欲复仇，结果却不敌叛军，力战至死。似乎可以肯定，在这样一场悲剧之后，英格兰方面必将采取最极端的手段。政府不会再妥协，这一次必须将泰隆及其叛军一举击溃。然而泰隆却有其他看法。他不喜欢极端，于是把人马带到北爱尔兰。他希望重复先前的办法：抵抗、讨价还价、妥协、投降、取得和解。这个办法屡试不爽，并且很可能再次帮助他转危为安。

然而有一点显而易见，如果英格兰政府铁了心要迅速斩草除根，那么目前选派的这位爱尔兰总督显然再合适不过。对埃塞克斯而言，在爱尔兰取得胜利自然非常重要。他能取胜吗？在宫中，弗朗西斯并不是唯一一个抱持悲观态度的观察者。不少人对这次出征的前景都不看好。当约翰·哈灵顿率领一队骑兵，准备跟随他的引路人前往爱尔兰时，他在宫中任职的亲戚罗伯特·马卡姆给他寄来一封信，提醒他务必多加小心。派往爱尔兰的军队中已经被安插了间谍，他们会将一切动向汇报给英格兰国内那些心怀叵测的高官贵族。"在所有事情上都要听从总督大人的指示，"马卡姆写道，"但不要发表自己的意见，因为你说什么都有可能传回国内。"在马卡姆看来，情况很不乐观。"你要当心，你的上司既受命于朝廷，也受命于他自己。此次出征，他并无意捍卫女王的疆土，更多是为了证明自己。"他继续写道，"倘若爱尔兰总督能够在战场上实现他在枢密院立下的目标，那么一切可保顺遂。然而，尽管女王原谅了他先前的不敬举动，但他们真实的心思我们无从知晓。表面上看，女王对这个又开始从她手中求取权势的人是信任的，但这实在难以判断。关于总督大人的未来命运，恐怕只有全知全能的上帝才能看透。然而当一个人表面上左右逢源，暗地里却树敌众多，谁知道他接下来的命运会怎样？他把威廉·诺里斯爵士都得罪了，女王也对他有所不满。总督大人现在是得意的，但我很担心以后的变化。"

毫无疑问，对于哈灵顿，一个将阿里奥斯托[1]的诗翻译成英文，还曾为抽水马桶写过一首拉伯雷式赞美诗[2]的乐观青年，他并未将亲戚的警告放在心上。然而实际上，马卡姆的劝告以预言的方式准确地揭示了目前的情况：这次远征无异于一场豪赌。如果埃塞克斯得胜归来，他在英格兰也将继续顺风顺水。但这场赌局本身对他并不利，而一旦失利……从一开始，种种迹象便不利于他。远征总共募集到 16000 名步兵、1500 名骑兵。按照伊丽莎白时代的标准，这支军队装备精良、战力不俗。然而对总督大人有利的条件便止于此了。他与政府的关系并不融洽。伊丽莎白并不信任

---

1. 阿里奥斯托（L. Ludovico Ariosto，1474—1533），意大利文艺复兴时期的著名诗人。生于贵族家庭，曾供职官廷，热爱法律和文学。他的作品奔放热烈，富于传奇色彩。

2. 抽水马桶实际上是哈灵顿本人发明的。他对这项发明颇为自豪，曾撰写《夜壶的蜕变》一书，详细描绘他的抽水马桶的设计。然而这一天才发明在当时并未得到广泛接受，人们还是更喜欢夜壶。

他，不仅不信任他的能力，甚至怀疑他的忠诚。至于目前主导枢密院的国务大臣，即便算不上他的敌人，也是他的对手。他的提议不断被驳回，他的决定屡遭否决。就在离开英格兰之前，他还大吵了一架。他提名克里斯托弗·布朗特爵士担任爱尔兰议会成员，同时指派南安普顿担任骑兵司令。然而这两项提名都被伊丽莎白否决了。她为何否定克里斯托弗爵士不得而知，或许是因为此人是天主教徒，在她看来不宜在爱尔兰身居高位。她对南安普顿的不满倒是尽人皆知，他与宫廷侍女伊丽莎白·弗农长时间眉来眼去，最后竟然娶了她，女王一气之下曾把他和他的新娘一起投入监狱。就是这样一个年轻的不轨之徒，埃塞克斯竟敢提议让他出任如此要职，这在伊丽莎白看来无异于公然挑衅。埃塞克斯曾为此寄来书信，言辞激烈，但伊丽莎白不肯动摇。于是这两个人只能作为私人随从同埃塞克斯一道出征，总督大人在 1599 年 4 月抵达都柏林，他心情躁郁，点火就着。

　　一个至关重要的战略问题很快出现在他眼前：他应该立刻挺进北爱尔兰，剿灭泰隆，还是先镇压岛上其他区域的小规模叛乱？都柏林的英方高层认为应当采取后一种做法，埃塞克斯也同意。他认为，先把外围的障碍扫清，再集中力量解决主要问题就会容易一些。也许这样想并无问题，但这一选择意味着必须高效而坚决地实现目标。如果在这些外围障碍上浪费太多时间和精力，反而得不偿失。这一点显而易见，在大多数人看来，用强大的英格兰军队镇压这些不听话的当地武装势力，定将不费吹灰之力。于是埃塞克斯兵发伦斯特，打心底认为自己不会遇到什么抵抗，就算有抵抗，也不会构成阻碍。然而他遇到的是比抵抗更危险的东西——爱尔兰荒谬的气氛：迷蒙、阴郁、暗藏破坏性。不过四分之一个世纪之前，他的父亲便是在这个国家陷入绝望，最终丧命。

这陌生的气氛吞噬了他。陌生的土地——迷人、野蛮、近乎神话，引诱他不断轻率地向前。他趾高气扬地穿梭在这个全新的特殊疆域，这里充满了无法想象、难以置信的事物。这都是些什么人？他们裹着斗篷，有的干脆赤裸，长发披散在面前，发出疯狂的战吼与瘆人的哀鸣。他们是轻步兵还是武装侍从？是小丑还是游吟诗人？他们的祖先是谁，是斯泰基人、西班牙人，还是高卢人？这个社会处在怎样的状态之中？当地豪族与吉卜赛人厮混在一起，衣不蔽体的女人在灌木丛中嬉笑，衣不蔽体的男人在聚众赌博。在旋风中飞翔的巫师，被押韵诗驱向灭亡的老鼠。所有这一切都是模糊的、矛盾的，无从解释。总督大人在绿色荒野上孤军深入，渐渐与众多前人和后人一样，受到环境的感染，丧失了对事物的感觉，以至于无从分辨幻想与真实。

大军所到之处，无不受到英格兰定居者的欢迎。城镇向他们敞开大门，兴奋的城市官员用拉丁文向他致辞。他从伦斯特来到芒斯特一路所向披靡，然而时间在不断流逝。攻占那些不必要的堡垒消耗了一天又一天的时间。埃塞克斯的军事天赋丝毫没有得到展现，表露的只有他对攻城略地的痴迷。和往常一样，他的痴迷通过小规模的突袭、英勇的追击、高贵的姿态以及个人的荣耀得到了满足。然而代价却相当大，这一系列无关紧要的缠斗，让他忘记了战略的总体目标。在伤亡、逃兵、疾病和分散驻守的共同影响下，大军的力量不断被削弱。最后到 7 月，他发觉自己回到了都柏林，在远离敌军主力、稀里糊涂的战斗中度过了将近三个月，而他的大军兵力减少了整整一半。

幻想的迷雾终于消散了，令人遗憾的现实呈现在他面前。时机已被延误，兵力折损过半，他还有把握剿灭泰隆吗？他感到紧张，盘算着种种可能，不知如何是好。无论怎样选择，他都感觉将会有一道不可逾越的深渊拦住去路。如果败于泰隆之手，那将是多么致命的打击！而如果按兵不动，他一定会沦为笑柄！他无法承认自己先前耽于幻梦，无法承认是他自己亲手葬送了良机。于是在悲惨的绝望中，他开始随意泄愤，疯狂地指责部下，然后又激情澎湃地给伊丽莎白写信。当一支几百人的小队临阵畏缩时，他将小队所有军官都关进监狱，还处决了一名中尉，同时下令在这支小队里每十人中挑出一人就地正法。他突然染病，死神开始向他靠近，他倒是乐见如此。他在病榻上强撑起身，给女王写了一封信，其中既有控诉，又有劝诫。"我为什么要谈论胜利或是成功？我在英格兰得到的只有不适与灵魂创伤，这难道不是尽人皆知的吗？军队中难道没有人议论，我已然失宠于陛下，而您也已经预料到这支军队不会有好结果？……无论在伦敦还是这里，陛下最忠实的臣仆不都在悲叹，像科巴姆，还有罗利，考虑到他们的地位，其他人我就不点名了，这样的人物获得了那般宠爱与信任，竟然都在期望陛下的重要行动以失利告终？……就让我真诚而热忱地结束这令人厌倦的人生吧。让其他人继续生活在诡诈与无常的快乐当中吧。让我首当其冲，光荣赴死……等到那时，我将在上帝和他的天使面前申明，我是真正的信徒，除了我的使命与责任，我弃绝了一切……您曾经最爱的、死后也将最忠诚于您的仆人敬上。"

在此期间，康诺特突然爆发了一场大规模起义，必须予以镇压。尽管克里斯托弗·布朗特爵士暂时击败了叛军，但到7月底，总督大人依旧滞留在都柏林。与此同时，在英格兰国内，随着时间的流逝，爱尔兰方面始终没有任何决定性的捷报传来。众人中有的怀疑，有的仍抱有期待。在宫廷内，则以冷嘲热讽居多。"大家都很惊奇，"一位八卦人士在8月1日写道，"埃塞克斯竟然如此碌碌无为，他居然还待在都柏林。"处死士兵一事引发"诸多不满"，而当有消息说总督大人还利用女王陛下赋予他的特权册封了不少于59名骑士时，众人都耸耸肩膀，笑而不语。不过在宫廷之外，氛围是不同的。伦敦人民依然对他们爱戴的将军大人寄予厚望，当时莎士比亚在环球剧场上演的一部戏剧中就表达了这种期望。南安普顿是这位声名渐起的戏剧家的朋友兼赞助人，戏剧家便借戏中人之口优雅地公开赞颂了南安普顿和他的朋友：

> 伦敦城万人空巷！

这实际上是《亨利五世》中的致辞，描绘的是国王从法国凯旋时的景象——

> 再举一个浅近但大有可能的例子，
>
> 那就好比今天我们仁慈女王的那位将军，

待他于得胜之日，从爱尔兰归来，

将那叛乱者的头颅挑在剑上带回，

有多少人将离开这安宁的城市，

前去欢迎他！

　　这番话在演出时想必会博得满堂彩，但通过这样夸张空泛的乐观主义台词，我们也不难窥见些许不安。

　　伊丽莎白焦急地等待着击溃泰隆的捷报，然而收到的一封又一封信里却只有愤怒的控诉和绝望的叹息，她逐渐失去耐心。她开始毫无顾忌地跟身边人抱怨，爱尔兰前线的情况她十分不满意。"我给了爱尔兰总督 1000 英镑，是让他出去领兵前进的。"她给埃塞克斯写信，激烈地对目前战事的停滞表达了不满，命令他立刻去攻打北爱尔兰。然而回信却说，目前军队减员严重，从英格兰出发的 16000 人，目前只剩下 4000 人。于是她追加了 2000 援兵，然而由此产生的花费让她更加痛心。这种费时还费钱的拖延意义何在？一些阴谋论的想法又在她的脑海中浮现，譬如，他为何要册封那么多骑士？她继续给埃塞克斯写信，强硬地命令他立刻对泰隆发起总攻，在完成任务之前绝不可返回英格兰。"只有在你证明北方问题已得到解决之后……你将即刻获得政府发出的归国许可。倘若未获许可，你不可凭任何过去的许诺或是借口班师回朝，否则后果自负。"

　　伊丽莎白越发焦虑。有一天，她在无双宫遇到了弗朗西斯，于是命人将他叫到一旁。她知道这个人很有头脑，还是埃塞克斯的朋友，或许能提供一些信息，帮她厘清状况。女王对弗朗西斯投去探寻的目光，她问他对爱尔兰目前的事态，以及爱尔兰总督目前的行动有何看法。对于弗朗西斯而言，这是个无比重要的时刻，巨大而意外的荣誉突然降临在他身上，让他几乎有些飘飘然之感。他没有任何官方身份，却被女王召见，还被问及如此机密的问题。他该如何回答呢？所有流言蜚语他都了如指掌，同时他也有理由相信，女王目前对埃塞克斯非常不满，埃塞克斯的行为不仅是缺乏判断力的体现，而且"目空一切，很难说没有私心"。"女王陛下，"他回答说，"倘若您将埃塞克斯大人留在宫中，让他像莱斯特大人一样手持白杖，站在您身边，为您的社交活动增光添彩，让他在我国臣民与外国使节眼中衬托您的威仪，我想他一定可以胜任。然而如果您既对他感到不满，又将军队与权力交到他的手中，这可能会成为一种诱惑，导致他难堪大任且不守规矩。因此，如果您能派人召他回来，先让他在宫中得到满足，如果眼下的局势——恕我愚钝，难以参透全局——允许的话，我想这会是最好的办法。"女王谢过了他，继续朝前走去。原来是这样！"军队与权力……诱惑……难堪大任且不守规矩"！弗朗西斯这番话无异于火上浇油，女王的怀疑已经达到顶点。

不久后，亨利·卡夫从前线返回伦敦，给女王带来埃塞克斯的书信和战事消息。他谈起的状况令人非常不安。由于疾病和逃兵，兵力进一步减弱，现在已经很难维持局面，恶劣的天气导致行动更加困难。都柏林的英方高层再次对强攻北爱尔兰表示反对。伊丽莎白给她"值得信赖的深爱的亲戚"写了一封言辞激烈的信，信中她不再下达命令，只是询问他接下来有何打算。她说她想不出该如何解释，为什么迟迟没有进展？"如果军队减员是原因，那么为什么不在军力充足的时候采取行动？如果是因为冬日将近，那么夏天的7月和8月你在干什么？说什么春天时间太仓促，夏天稀里糊涂浪费掉了，秋天也随随便便地打发了，那么你是想告诉我们，讨伐泰隆这件事一年四季都干不成吗？如果是这样，你肯定要为此负责。"然后，在她冗长而犀利的论述中，她写了一句足以让收信人胆寒的话："需要你考虑一下，我们是否有充足的理由可以怀疑，你目前的行动并不是为了结束战争？"她决心让他意识到，他已经被盯上了，而她会为一切可能发生的事情做好准备。

与此同时，在都柏林，决定性的时刻正在迫近。总督大人面临着难以抉择的两难境地。他应该服从女王，不顾自己的判断和都柏林高层的集体建议发动强攻？还是拒绝执行女王的命令，承认自己无能？冬天行将到来，如果要发动进攻，他必须立刻着手行动。他情绪纷乱，注意力涣散，依然无法做出定夺。这时英格兰方面传来消息，消息说罗伯特·塞西尔已经就任王室监护法庭法官之职，而这一美差一直是他希望得到的。于是所有矛盾的情绪都被愤怒淹没。他急忙找到布朗特和南安普顿。他说他不会去攻打北爱尔兰，而是要率军返回英格兰，去捍卫自己的权力。他要清除塞西尔及其党羽，确保女王能不受干扰地进行统治，在他的辅佐之下。

绝望的话语讲了出来，但仍只是说说。狂乱的情绪渐渐消失，三人协商之后，思绪趋于平静。布朗特指出，若要真的按照埃塞克斯的打算，带着这样的目的和这支兵力有限的军队，经威尔士返回英格兰，意味着挑起内战。他说其实有更聪明的做法，那就是带几百名经得起考验的精干军士悄悄返回英格兰，在无双宫发动政变。但这个建议也被搁置。突然，埃塞克斯回心转意，决定执行女王的命令，强攻泰隆的领土。

　　作为进攻的先锋，他命令科尼尔斯·克利福德爵士率领一支精兵，从康诺特向叛军发动攻击，吸引其注意。他打算自己率领大军进行总攻，但却遭遇当头一棒。在率军穿越沼泽上的堤道时，克利福德遭到伏击，意外阵亡。这时埃塞克斯再想改变战略也来不及了。8月底，他离开了都柏林。

　　与此同时，他给女王寄去一封简短的信。他的文字从未如此华丽，韵律从未如此动人，内心的苦闷、抗辩与宣告效忠的音符从未如此浪漫地融为一体。

　　"以苦为乐的头脑、备受折磨的精神、被激情撕碎的心灵、这个憎恨自己及一切令他存活的事物的人，陛下希望得到怎样的效忠？既然我昔日的功勋只配得到放逐，被弃于这最最可憎的国度，我还有何期许及目的继续苟且偷生？不，不，那叛军的骄傲与成功将助我一臂之力，解救我，我是说我的灵魂，让它从躯壳这可恶的牢笼中挣脱。倘若我得偿所愿，陛下亦可放心，您不会有理由厌恶我死去的方式，尽管留在人世的我，总是难以令您称心如意。您放逐在外的仆人，埃塞克斯敬上。"

　　这封信富于气魄而不失精巧！然而随后的事情却远非如此。

这位绝望的骑士本该死于野蛮人的乱箭之中……但现实却并未这样进展。部队开拔几天后，他便与泰隆的部队遭遇。对方的军队远超英军，然而却拒绝开战。双方只发生了几次小规模冲突，然后泰隆派来使者，要求进行会谈。埃塞克斯同意了。双方主帅单独见面，骑在马上，来到一条河的岔口，而双方的部队在两侧河岸上观望。泰隆拿出老办法，提出条件，但只停留在口头上。他说，他倾向于不留文书证据。他提议休战，为期 6 周，6 周期满后可以再续 6 周，如此往复，到五朔节 [1] 为止。倘若有一方意欲终止休战，须提前 2 周提出。埃塞克斯再次表示同意。于是尘埃落定。远征就此告终。

在所有可能达成的协议中，这自然是最没有意义的一种。声势浩大的远征，英明神武的将军，种种努力、希望、夸耀，所有这一切，最后只剩下分文不值的屈辱和讨伐行动的无限期暂停。反倒是泰隆，再一次以模棱两可的方式，赢得了他最习惯的胜利。埃塞克斯已经出光了手里所有的牌，打得不能再烂，而且输了个精光。不可避免，当他意识到自己一败涂地，那种孤注一掷的绝望情绪又上身了。他认定，现在唯有一种方法可以挽回局面，他必须面见女王。然而他的意志总是这样莫名其妙地难以笃定，应当向女王摇尾乞怜，还是摆出王者归来的姿态呢？他实在难以决断。他只知道，他不能继续留在爱尔兰了。布朗特关于发动政变的计划一直在他脑海中徘徊，于是他召集自己的近卫部队，在他

---

1. 即 5 月 1 日。

们以及诸多官员及贵族的陪同下，于9月28日在都柏林登船。9月28日凌晨，这支队伍策马抵达伦敦。

此时女王仍在萨里的无双宫，位于伦敦以南10英里左右，泰晤士河横亘其间。若要发动攻击，这支骑兵军必须从伦敦城穿过，经由伦敦桥渡过泰晤士河。但此时，蓄意动用武力手段的想法已经变得不再现实，它让位于一个更加迫切的想法，那就是尽快与女王重逢。最快的路径是乘渡船从威斯敏斯特前往兰贝斯。埃塞克斯让大多数追随者在伦敦就地解散，自己带着6名心腹乘船渡河。在兰贝斯，这些因长时间奔波疲惫不堪的人就地寻找可用的马匹，找到了便骑马前往宫廷。他们很快被威尔顿的格雷勋爵赶超，此人是塞西尔一派的人物，那天刚好骑了匹好马前往宫廷。托马斯·杰拉德爵士打马快走了几步，赶到他的身后。"爵爷，请您跟伯爵谈几句吧。""不，"格雷勋爵回答说，"我还有要事，得赶快进宫。""那么我请求您，"托马斯爵士说，"让我们伯爵到前面去吧，他可以自己把大军归来的消息报告到宫廷。""这是他的想法吗？"格雷问道。"那倒不是，"托马斯爵士说，"我想他不会对你有什么请求。""那么我就先走一步了。"格雷说道，然后以飞快的速度绝尘而去。当杰拉德把此事告诉他的朋友们时，克里斯托弗·圣劳伦斯爵士大声嚷嚷道，他要追过去，把格雷那厮斩于马下，再把国务大臣也干掉。一时间，这几个人群情激奋，商讨起充满戏剧性但完全不着边际的雪耻方案。但埃塞克斯制止了他们，这太鲁莽了，他还是打算见机行事。

格雷勋爵刚到无双宫，便找到罗伯特，向他汇报这个令人震惊的消息。罗伯特倒很平静，他什么都没做，没有向正在楼上梳洗穿衣的女王汇报，而是端坐等待。过了一刻钟，10点之时，伯爵来到宫廷门口。他匆匆穿过宫门，没有丝毫犹豫，跑着上了楼，然后——哦！他对这里可太熟悉了，进入会客厅，穿过枢密厅，女王的寝宫就在眼前。由于长途跋涉，他穿的是粗布衣服和马靴，浑身污泥，但他完全没有顾及这些，直接推开了房门。在寝宫里，女王跟近侍女官们在一起，她穿着睡衣，尚未梳洗，也没有戴假发，灰白的头发披散在前额，两只眼睛露出来，盯着他。

第十三章　女王的宠爱不再

　　她很意外，然后是高兴的，这是她下意识的反应。但接着迅速袭来的是第三种感觉——她感到害怕。这突如其来、本被禁止的归来，以及如此非同寻常的闯入，究竟意味着什么？这个人从爱尔兰带回来的是怎样的追随者？他们在哪里？发生了什么？难道宫廷已经落入他的掌中？她一头雾水，于是赶忙退避到另一重本性当中，寻求避难。她本能地对埃塞克斯的出现表示出欢喜，带着欣赏的神情注视他的举止言谈，这些都涵盖在她的第二本性当中。她还面带微笑，倾听他的抗辩，听他将出征的过程娓娓道来。在心里，她飞快地对各种可能性进行权衡，从他的长篇大论中捕捉能够帮助她判明局势的细节。很快，她便确认现在并没有实质性的危险。她笑着打发他先去换身衣服，她也要完成自己的梳洗打扮，他同意了。换完衣服回来，两人又聊了一个半小时。然后他下楼去吃饭，心情愉悦，跟宫中女官嬉闹调笑，在心里感激上帝，在国外经历了这样一番波折之后，他还能在国内享受如此甜蜜的平静。然而这平静却只是短暂的间歇。吃过了饭，他再次见到女王，立马便有了山雨欲来之感。她已经做过了调查，并在充分掌握情况之后确定了行动方案。她开始向他提及一些令他不快的问题，当他勉强作答时，她毫不掩饰怒意。最后，她宣布他需要在枢密院会议上做出解释。枢密院会议随即召开，但在埃塞克斯做完了他的解释之后，会议便在暧昧不明的礼貌当中宣布休会了。也许状况看起来依然是好的，然而女王显然非常烦躁，让人无法接近。到半夜11点，埃塞克斯收到女王口谕，他被命令不可离开他的房间半步。

大家都很困惑，各种疯狂的猜想纷至沓来。一开始，人们以为埃塞克斯又得手了。通过一次大胆的"突袭"，他夺回了即将从他手中滑落的女王宠爱与权力。弗朗西斯向他寄出贺信，信中写道，"我之效忠于您，比忠于任何人都多，也比任何人对您的效忠更多"。随后，女王不悦的消息让人们产生了怀疑，但埃塞克斯似乎并不会因此受到太大影响，毕竟他只是在爱尔兰碰了钉子，前面很多人也都是如此。但与此同时，女王也在继续她的计划。她等了一天，看到伦敦并没有什么风吹草动，于是决定可以继续行动了。她命令掌玺大臣埃杰顿负责看管埃塞克斯，于是埃塞克斯被"请"到埃杰顿的住所——泰晤士河畔的约克府邸。一切仍然平静，伊丽莎白很是满意。埃塞克斯现在任由她摆布，她可以慢慢考虑如何处置他。

然而就在她考虑此事之时，埃塞克斯病倒了。在离开爱尔兰之前，他便感觉身体严重不适。三天骑马穿行英格兰的疲惫，再加上在无双宫的情绪激烈变化和受到的屈辱，显然让他的身体无从消受。然而，即便被软禁在约克府邸，尽管时不时还在嚷着要回乡下隐居，他依然没有放弃重获女王宠爱和爱尔兰总督之位的希望。他给女王写了封求情信，但女王干脆拒收，而且对他不理不睬。他在爱尔兰册封的骑士之一约翰·哈灵顿，此时也回到了国内。埃塞克斯求他再帮忙进宫送一封信，信上依然满是忏悔和表达爱慕的话语。但这位英俊的骑士拒绝冒险。刚一回到伦敦，哈灵顿便遭遇被逮捕的威胁，现在他觉得自己已然是自顾不暇。他说求人不如求己，而且他也不希望"因埃塞克斯而触礁翻船"。哈灵顿清白与否实际上确实是存疑的，在两方议和之后，他颇为蹊跷地前去拜访了泰隆。也许他对这位叛国的伯爵表现得过于亲切友好了。当时他带了一本他翻译的阿里奥斯托诗集，大声朗读了其中自己中意的段落，还把这本书送给了泰隆的大儿子。"他的两个儿子都神采奕奕，像贵族人家的子嗣一般穿着英格兰服饰：天鹅绒短上衣，还镶着金边。"最后跟叛军首领一道坐在"庄严的天幕下，以蕨类植物铺成的餐桌旁"，愉快地吃了一顿大餐。关于这次会面的一些流言可能已经传到了女王的耳朵里，她自然会对此有些不满。但哈灵顿相信，只要有机会面见女王，误会就能够解除。他知道她是喜欢他的，他是她的教子，打小便认识她，况且他跟王室还有一层隐秘的亲戚关系：他的继母是亨利八世的一个私生女。终于，他的面见请求得到了准许，他心情忐忑地前往宫廷。刚一进宫，他便窃喜自己真是明智，没有答应埃塞克斯送信的请求。

随后发生的可怕一幕，他一定会铭记终生。刚刚跪倒在女王身前，她便大步走了过来，一把抓住他的腰带，边摇晃边喊："看在上帝的分儿上，我还算个女王吗！那个人都爬到我头上来了！

是谁命令你们这么快回来的？我可没给他这份权力。"当受惊的诗人结结巴巴想要辩解时，女王气冲冲地放开了他，"快速来回踱步"，"一脸愠怒地盯着他"。"看在上帝的分儿上，"她又发作了，"你们都是一群废物，那个埃塞克斯最糟！"他想要安抚她，但"她的盛怒压倒了一切理智"，什么都听不进去，而且在疾风骤雨般的咒骂中，她似乎把她可怜的教子当成了爱尔兰总督本人。不过最后，她还是渐渐冷静下来，开始询问各种问题，时不时被哈灵顿的玩笑话和故事逗乐，对他跟泰隆的会面未置一词。他向她描述了那位叛军领袖，以及他那怪模怪样的宫廷："他的卫队都是些小男孩，胡子都没长出来，连衬衫都没得穿，却能像水豚一般在霜冻天气的河流中轻松地涉水行进。""我不知道，"他补充说，"他们的主子有何魔力让这些人俯首称臣，然而他们确实对他完全顺从，招之即来，挥之即去。"女王笑了笑，突然脸色大变，让他回家去。哈灵顿"不敢听她吩咐第二遍"，赶忙策马回到自己位于萨默赛特的府邸，"仿佛所有爱尔兰叛军都在身后追赶"。

这位《埃阿斯的蜕变》的作者，显然无法成为内心困惑且受伤的君主的贴心知己。伊丽莎白另觅他者，至少得是个合格的听众，而弗朗西斯·培根成了她的合适人选。回想起夏天时的那次谈话，她趁他因法律事务来到宫廷开会的机会，再次召他过来谈论埃塞克斯的问题。她发觉他的回答中规中矩，于是重新提起了之前的话题，这样两人又一次开始了怪异的谈话。在这几个月间，在秘而不宣的场合，围绕着埃塞克斯的命运，以及牵涉其中的政治与激情问题，这两个特立独行的灵魂汇合于一处。和往常一样，伊丽莎白在她已经看明的情况面前举棋不定：该宽恕还是该惩罚？如果是后者，应当怎样惩罚？她并没有谈论很多，代之以询问。至于弗朗西斯，他相信他的机会终于到来。他觉得他很可能由此解决自己身上各种错综复杂的问题。平衡个人债务与公共责任的要求，整理自己作为一名政客和一位朋友的情感，在荣誉与野心之间自如应对。其他人或许会觉得非常棘手，但弗朗西斯绝不会畏难不前，他的智力足以助他抽丝剥茧，觅得一条坦途。在与伊丽莎白谈话的过程中，他以一名演奏家的娴熟技艺，饶有兴致地演绎着这个主题。他早就认定，从人类的诸种可能来判断，埃塞克斯是注定要被毁灭的存在，他欠埃塞克斯不少，但因为绝望的忠诚而葬送潜在的机遇显然毫无意义。现在，赢得罗伯特·塞西尔的青睐才是关键。而上天给了他这个机会，错过它简直是不可理喻的，况且他还可以借此获得更重要的东西，那就是女王的信任。此外，他现在已经不再怀疑，埃塞克斯心怀不轨，他的活动必将于国有害。尽管他有义务为自己的朋友提供个人性质的帮助，但让他重新掌权显然不在此列。他的责任甚至是让女王也认识到他对于局势紧迫性的判断。于是，他毫不犹豫地开始编织举重若轻的思想之网。他对自己毫不怀疑，几年之后，当他迫于公众不认可的压力，需要为自己此刻的活动写一份辩白书时，他认为只需要讲述自己真实的活动，便足以证明清白了。

伊丽莎白饶有兴致地倾听他的每一句话，人们很难不这样做。

弗朗西斯滔滔不绝地表达自己对于埃塞克斯的同情与依恋。然而，他必须指出，有些职务他的确恐难胜任，譬如，让他再去爱尔兰。"埃塞克斯！"女王打断了他的话。"我要是再让埃塞克斯去爱尔兰，让我跟你结婚都行，只要你提这个要求。"然而，这还不是她所需要的，远非如此，她要治他的罪。然而，该怎么办呢？她倾向于在星室法庭进行审判。但弗朗西斯不赞同。那样的话，他说，程序本身将会有危险，在公开场合，很难真正给埃塞克斯定罪。他的声望如此之高，倘若在证据不足的情况下给他定下重罪，恐怕会导致极其严重的后果。听闻此言，女王瞪起眼睛，气冲冲地将他赶走。她不喜欢弗朗西斯的提醒，但渐渐地，他的建议进入她的脑海，让她逐渐放弃了公开审判的想法。

这是因为随着时间的推移，一切似乎都在表明弗朗西斯的提醒是有道理的。埃塞克斯的声望毋庸置疑，患病反而让他的声望进一步巩固。随着小道消息传出，声称埃塞克斯在软禁过程中病情加重，生命垂危，公众的愤怒之情溢于言表。维护他并攻击其政敌的小册子开始秘密印制，散播开来。最后，就连皇宫的白墙上都出现了漫骂的话语。弗朗西斯被特别点名指责，他是个叛徒，正在蛊惑女王，诬陷自己的恩人。他自己宣称他受到了死亡威胁。这自然不是什么好事，但也可以加以利用。他在给表弟的信里描述了自己受到的暴力威胁，并写道："感谢上帝，我清白的良心足以保我安宁。"他把这些威胁看成是"对阁下深切的恶意，他们想通过我，对您进行诽谤"。

读到这封信时，罗伯特露出了温和的微笑。他派人去找这位表兄，打算表明自己的立场。他说他确实听说弗朗西斯有一些不利于埃塞克斯的进言，然而……他并不相信他会这样做。接着他又补充："于我而言，对于这次有关埃塞克斯的事情，我始终是被动的，从未主动参与。我仅仅是跟随女王的脚步，而且是勉力而为，并未引导她。女王当然是我的君主，我是她的臣仆，我对她绝无二心。我希望你也可以如我这般行事。"

罗伯特这样为自己辩解，而他的辩解也完全属实。罗伯特·塞西尔确实只是在被动跟随，怀着关于这世界的种种惨淡经验勉力而为。然而，被动跟随也可能是一种有效的行动。实际上，在某些时候，可能会比主动为之产生更大的影响。只有不动如山、放弃幻想的人物才能理解这一点。这样的心思，那些充满活力与希望、终日忙碌的莽勇之辈是无法参透的。沃尔特·罗利便是其中之一。他搞不清楚国务大臣在想什么，竟然让这绝佳的机会从指间溜走，任由女王自行决断。他是疯了吧，这可是天赐良机啊！他给罗伯特写信说："我知道我谋略不足，谈不上给你建议，但如果你对那个暴虐之人手下留情，日后你定将后悔。他的歹毒之心已如磐石，不可能因你的慈悲心肠而化解。因为到时他一定会将此归结于女王陛下的优柔寡断，而非阁下的善良。他会以为你只是随着女王的心意而行动，并非出自对他的情谊。你越是对他不留情面，他对你和你的家人的威胁就会越小。只要女王陛下不再青睐于他，他便注定沦为一介布衣……不可错失良机，一旦错失，后悔莫及。你永远的，沃尔特·罗利。"他说得没错，他确实"谋略不足"，不足以为罗伯特提供建议。难道他就没看到，对于女王，任何最微弱、最不起眼的施压企图，都将会葬送好局吗？他对这位不同凡俗、神秘莫测的人物是多么不了解啊！不！倘若真的要有所行动，也必须让她自己，以她那古怪的方式、古怪的意志自行完成。国务大臣便是如此，他一动不动地等待着、旁观着，屏住呼吸。

当然，伊丽莎白仍需要非常仔细地观察局势。目前，她的心思似乎完全被一些无聊的事情占据。登基日的庆祝仪式，她很上心。她在埃塞克斯曾经大放异彩的比武场一待就是几个小时，心思放空，享受乐趣。到最后，出现了一个怪异的惊喜场面：康普顿勋爵突然现身。一位目击者描述道："他就像个渔夫，身上披着渔网，手里抓着一只青蛙，身后跟着六个随从，都穿得五颜六色。"老女王看到这番场景，笑得浑身发颤。一周后，她突然决定，要以枢密院的名义将埃塞克斯的罪状起草成文，然后在星室法庭上宣读，从而公之于众。埃塞克斯表示他无法到场，他病得太重了。然而果真如此吗？她无法完全肯定。众所周知，在此之前，他曾将生闷气解释成生病。她要亲自一探究竟。于是，11月28日下午4点，在沃里克夫人和伍斯特勋爵的陪同下，她登上皇家驳船，前往约克府邸。对于这次探视的具体情况，我们不得而知。埃塞克斯当时确实病得极重，几乎奄奄一息。他们是否有过交谈？还是女王看了一眼便走了，两人并未接触？无人知晓！深秋的夜幕早早降临，将女王隐藏于黑暗之中。

次日，星室法庭如期开庭，当庭宣读了有关埃塞克斯叛逆行为的公告。公告称他远征爱尔兰作战不利，他与泰隆订立了耻辱性的议和条约，他违背女王谕旨擅自归国。法庭允许了一些公众进入，但弗朗西斯并未出席。伊丽莎白翻看了出席人员名单，发现了这一点，于是命人前去询问他是何用意。弗朗西斯回答说，鉴于此前受到的暴力威胁，他认为自己远离这一场合比较稳妥。但伊丽莎白并未被说服，一连几个星期都没再召他进宫谈话。

星室法庭的公告宣读没有任何实质影响。几个星期、几个月过去了，埃塞克斯依然无法自由行动。无双宫那个可怕的夜晚，成了他将近一年的软禁生活的开端。这软禁绝对称不上"柔软"。埃塞克斯的所有心腹都被禁止探望，甚至就连刚刚为埃塞克斯诞下一女的埃塞克斯夫人也不得与丈夫见面。她曾多次身穿深色衣服到王宫请愿，但每次都被无情驳回。伊丽莎白的愤怒程度前所未有。这还是情人之间的争吵吗？即便是，这样的争吵也称得上非常罕有。因为到了这般地步，蔑视、恐惧与憎恨已经聚集于一处，将它们的毒液滴进由失望的激情酿造的致命毒酒当中。在这长达数月的拖延之中，她的怨恨不曾消解半分，怒火仍在熊熊燃烧。她要让他为自己的无能、无礼和目中无人吃足苦头。凭借魅力，他便以为自己可以有恃无恐？女王已经腻了，他将明白，是自己错了。

随着新年到来——16 世纪的最后一年，出现了两个进展。埃塞克斯的病情逐渐好转，到 1 月底，他已经恢复了健康。与此同时，女王开始重新考虑解决爱尔兰问题。泰隆已经单方面取消了去年 9 月订下的和约，在边境附近调兵遣将。必须有所行动了，女王又回到她最初的选择，任命蒙乔伊为爱尔兰总督。蒙乔伊希望能避开这份苦差事，然而多方尝试未果，伊丽莎白已经下定了决心，非他去不可。在赴任之前，他和南安普顿，以及埃塞克斯的另一位心腹查尔斯·戴弗斯爵士进行了密谈，讨论如何才能尽可能为被软禁的埃塞克斯提供帮助。他们想出了一个特别的主意。过去几年间，埃塞克斯一直与苏格兰的詹姆斯国王保持着联系，而蒙乔伊自己也曾在远征爱尔兰期间给他写过信，请求他助埃塞克斯一臂之力。埃塞克斯是否知道此事尚不清楚。然而詹姆斯的回应并不令人满意，于是此事便搁置了下来。但是现在，它又以惊人且更为明确的方式重新浮现。众所周知，苏格兰国王施政政策的首要目标是英格兰王位的继承权。于是蒙乔伊提议给他写信，告诉他塞西尔方面不愿意让他继承王位，而他唯一的机会便是让埃塞克斯恢复地位。如果他有意出手帮助埃塞克斯，蒙乔伊也将率领一支四五千人的军队从爱尔兰返回英格兰，他们可以联手向英格兰政府施压。南安普顿和戴弗斯同意这个计划，毫无疑问，埃塞克斯也表示了同意，因为这几位阴谋家已经找到了与约克府邸进行秘密通信的方法。信使被派往苏格兰，因此蒙乔伊实际上是带着这个大胆的叛国计划，成了爱尔兰总督。但詹姆斯是个谨慎的人，他的回答模棱两可，不情不愿。这一情况被通报给蒙乔伊，他们的计划暂时搁置了。

但搁置并没有持续多久。春天时，蒙乔伊已经前往爱尔兰，埃塞克斯找机会给他寄了一封信，敦促他立刻按原计划行事，无论有没有詹姆斯的支持，他都要率军返回英格兰。然而此时蒙乔伊却改变了主意，爱尔兰对他也产生了意想不到的影响。他不再是以前的查尔斯·布朗特了，仅仅追随那位声名煊赫的朋友的脚步便心满意足，他突然找到了自己的命运。他不再是追随者，他要成为指挥官，他认为自己可以实现前无古人的功绩，他要平定爱尔兰，他将击溃泰隆。即便依然爱着佩内洛普，他也不会放弃自己的命运。他给埃塞克斯的回信很礼貌，但也很坚定。"此事全为满足阁下个人之野心，恕我实难从命。"

与此同时，伊丽莎白对这一阴谋毫不知情，她还在面色阴沉地考虑该如何处置埃塞克斯。关进伦敦塔？从根本上说，她不希望如此。他很可恶，但还没到那个程度。尽管这样，她还是认为需要把埃塞克斯从约克府邸迁出，总不能让掌玺大臣一直掌管这个逆臣。在埃塞克斯的朋友们如安东尼·培根等人被"请"出约克宅邸之后，他回到了自己的家中，但仍像之前一样无法自由活动。接着，女王的心思转向了星室法庭。她跟弗朗西斯商量，弗朗西斯建议她不要那样做。他再次提醒，倒不是埃塞克斯的错误行为够不上在星室法庭进行公开审判，而是他在民众中间的声望让这种做法风险极大。这次女王同意了他的看法，于是决定自己组织一个纪律审裁庭。她打算来一次正经的审判，让那个逆臣好好被教训一番，让他道歉，然后当庭释放。她开始着手安排，众人纷纷配合。都铎王朝冷酷的家长统治风格从未以如此奇特的方式展现。埃塞克斯仿佛一个淘气的男孩，因为行为不端惨遭禁足，每天只能以面包和白水为食。现在，他就要被带到楼下来，大人们将好好训斥他一番，最后告诉他，大家毕竟舍不得拿鞭子抽他。

这场仪式于 1600 年 6 月 5 日在约克府邸举行，持续了 11 个小时，中间没有休息。埃塞克斯跪在桌边，枢密院成员们严肃地围坐在一起。过了一会儿，坎特伯雷大主教请求让埃塞克斯起来站一会儿，他的请求得到了批准。稍后他又被允许靠墙站着，到最后也坐了下来。皇家律师们一个接一个起身，控诉他的罪行，除了一些补充外，基本跟之前星室法庭宣读的那份声明一模一样。弗朗西斯也在王室律师之列，尽管他之前写了一封言辞巧妙的信，请求女王原谅他不参加这次庭审，但后面又补充称，若是女王坚持要他出席，他也无法拒绝。自然，女王是希望他出席的。弗朗西斯奉命提醒在场的诸位注意埃塞克斯先前接受的《亨利四世史》一书上的献词很不恰当，构成了忤逆行为。他很清楚这一指控意义寥寥，但还是配合了演出。埃塞克斯也事先准备了言辞恳切的道歉书，然而此时，这场和和气气的仪式却被暴脾气的总检察长爱德华·科克打断了。埃塞克斯受到了辱骂，而他也不甘示弱，科克立马反唇相讥。庭审现场变成了吵架大会，这时罗伯特开口说了几句机智的话打了圆场。然后法庭做出了判决。埃塞克斯一度面临伦敦塔监禁和巨额罚款的重罚，但当他大声宣读了对于自己罪行的深切忏悔，并祈求宽恕后，他被告知可以回到自己家中，等候女王的恩典。

足足等了一个月，女王才对他有所举动。卫兵终于被撤走了，但他仍被命令待在家中。直到 8 月底，他才完全重获自由。伊丽莎白对他的态度有所松动，但表面上依然冷若冰霜。整个夏天，她不断把弗朗西斯找来商谈，后者此时俨然成了女王与埃塞克斯的中间人。他已经为自己先前在约克府邸扮演的角色向埃塞克斯道了歉，埃塞克斯也大度地接受了他的道歉。他还做了一些工作，他伪造了他哥哥安东尼给埃塞克斯写的一封信，以及埃塞克斯的回信。两人的风格都被他充分模仿，这是毫无破绽的作品。在这组通信中，埃塞克斯对女王的效忠之心得到了充分的展现，然后他把这两封信呈给女王。顺便提一句，这两封信还有很多地方夸奖弗朗西斯本人的言辞，但这并没有产生多少影响。也许是伊丽莎白对戏剧中的阴谋诡计过于熟悉，以至于类似的做法在真实生活中上演时，她不可能不起疑心。

当然，埃塞克斯也不指望弗朗西斯的伎俩。他自己给女王写了一封又一封信，以各种笔调表达自己哀戚的心情，恳求女王能跟自己再一次亲切会面。"听到了陛下主持正义的声音，我已洗心革面，但求陛下能再次垂恩于我，再复往日的友好无间。如若不然，您的慈悲只会令我无颜驻足此世……您的恩典并未施加于我，您没有展露任何慈悲。然而只要陛下愿意让我再一次匍匐于您的脚下，得见您美丽而慈祥的双眸，带我回到那世人皆不知晓，但唯有陛下能接引我前往的乐园，即便您再惩罚我、监禁我，甚至对我宣判死刑，您也将是世上最仁慈之人，而我则是最幸福的。"他虽然是这样写的，但这段时间他的心思倒也没有全部放在女王身上。甚至就在他掏心掏肺倾诉这些遗憾与不满的同时，他的思绪却不断飘向爱尔兰。有一天，他命人找来查尔斯·戴弗斯爵士，请他再想想办法，争取蒙乔伊的支持。戴弗斯很清楚现在的局势，但他完全忠于埃塞克斯，正如他自己后来所说："他救了我的命，而且是以非常高尚的方式，他因我受了苦，还通过各种方式提携我。既然我的性命、功名利禄都得益于他，他随时都可以任意处置这些东西。"这位深深崇拜着他的心腹立刻行动起来，开始为埃塞克斯四处奔走。

一个关键的时刻即将到来，埃塞克斯意识到，这将揭示伊丽莎白内心的真实想法。她先前授予他的 10 年甜葡萄酒销售专权，将于米迦勒节[1]到期，她会允许他续约吗？这一权利为他带来了巨大的收入，倘若她将其收回，他一定会陷入贫困。宠爱与希望，或耻辱与毁灭，悬而未决的选择似乎都将由这个问题做出决断。伊丽莎白自己也很清楚这一点，她在与弗朗西斯的通信中谈起此事。"埃塞克斯给我写了几封非常恳切的信，我有些被他打动，不过，"她冷笑着，笔锋一转，"我原本以为他是一片真心对我，但他的真心都在能不能继续跟酒庄收租上。"

不过，有一封信似乎确实让她颇为感动。"速将此信送予那幸福之乡，我正是因为从那里被驱逐而陷于不幸。代我亲吻那引人走出歧途的美丽双手，它为我的轻伤敷上良药，但对我最大的创口视而不见。请告诉陛下，你乃是从那痛苦的、委顿的、绝望

---

1. 纪念天使长米迦勒的节日，定于 9 月 29 日（东正教为 11 月 8 日）。

的埃塞克斯之处而来。"她会觉得这些话语无法抗拒吗？也许是的。在另一封信的字里行间，我们或许可以猜测他们曾经有过一次会面，但即便如此，那次会面也是灾难性的。他滔滔不绝的演说令可怕的痛苦再次在她的内心涌现，她命令他立刻从自己的视线中消失，她亲手把他推出门外。[1]

犹豫了一个月，女王宣布，今后甜葡萄酒销售的税利将归于王室。这对埃塞克斯产生了极其严重的影响：他几乎发了疯。戴弗斯也从蒙乔伊那里收到了回信，后者心意已决。蒙乔伊希望埃塞克斯大人能保持耐心，以正当手段赢回女王的宠爱。尽管他已不可能像往常那般备受青睐，但他应当知足。耐心！知足！这都是哪来的陈词滥调！埃塞克斯愤怒地咆哮着，然后突然瑟缩起来，开始绝望地咒骂自己。"他变了，"哈灵顿正巧在此时对他进行了一次短暂的拜访，这次拜访令他颇为心惊，"悲伤与忏悔突然变成了愤怒与癫狂。这或许证明，他的理智或是思想一直都不够健全……他说了很多怪话，还有一些奇怪的计划，我只能赶紧告辞……他对女王的言论几乎不像出自一个健全人之口。他身边有一些很糟糕的人充当他的顾问，很多邪恶的东西都是由此而来。女王很清楚如何对付这个傲慢的灵魂，然而这个傲慢的灵魂却不

1."这只是我与陛下见面后写下的无数封信中的一封，但那些信我都不曾寄出……有时我会想起当年的骑马比武（也就是在比武场），想起我一身披挂，得胜凯旋。您迎向了我，但随后却呵斥我离开，亲手将我推出门外。"埃塞克斯致女王，日期不详。——原注

懂得蛰伏，于是他的心灵也好似一叶扁舟，在偏执的波涛中不停起伏。"

他关于女王的言论确实非常疯狂。有一次，有人在他面前提起"女王的处境"。"女王的处境？女王的处境就跟她的身体一样嘛，皱皱巴巴，跟死尸差不多！"这粗鄙不堪的话语也传入女王耳中，她显然不会再给埃塞克斯翻身的机会。

女王或许同样也陷入了疯狂。难道她没有看出自己正在亲手酿下极大的祸患吗？她给了这个人自由，却让他陷于贫困，令他蒙羞，却不将他彻底击垮。难道她在以自己所能想到的最危险的方式戏耍他？一生的优柔寡断，为她赢得了所有荣耀，但这种做法却演变成了一种狂热，并即将见证她的失败。她陷入了极其异常的麻痹状态，对汹涌而来的命运视若无睹。

然而，国务大臣将一切都看在眼里。他看到了正在发生的，也看到了必将发生的。他对南安普顿在特鲁里府邸举行的多次聚会了如指掌。他注意到了诸多来自乡下的陌生面孔，也注意到了泰晤士河畔街区那群大摇大摆、不同寻常的绅士，以及空气中骚动与密谋的气息。他也已经做好了准备，无论那个时刻何时到来。

第十四章　埃塞克斯的背叛

　　此时的埃塞克斯已经决定自暴自弃，打算一意孤行到底。他不再与安东尼·培根相见，只听从母亲与佩内洛普·里奇的建议、克里斯托弗·布朗特爵士的大声怒斥，以及亨利·卡夫有勇无谋的盘算。尽管蒙乔伊注定不会对他施以援手，但他仍与苏格兰国王保持通信联系，希望从这个方向逆转死局。新年伊始（1601 年），他写信给詹姆斯，请求他派一名特使到伦敦，与他共商大计。这次詹姆斯同意了。他派遣马尔伯爵前往英格兰，还给埃塞克斯写了一封勉励信。这封信比特使先到伦敦，埃塞克斯把它藏在一个黑色的小皮套里，然后把这皮套挂在脖子上。

　　最终的爆发很快到来。埃塞克斯的拥护者们被热情、恐惧与敌意冲昏了头脑，他们开始炮制疯狂的谣言，并在伦敦城四处散布。他们声称国务大臣已经倒向西班牙人一边，他目前的行动都是在为西班牙公主继承英格兰王位铺路架桥。但更阴险的人物当数那个讨厌鬼罗利。众所周知，此人向来肆无忌惮，无论是凡间的法律还是上天的法则都不放在眼里。造谣者们言之凿凿地说，他还发下毒誓，倘若没有办法除掉埃塞克斯，他会亲自动手杀掉他。但或许，这些与埃塞克斯为敌的奸佞之辈已经不必采取如此极端的手段，他们已经让女王迷了心窍。到 2 月的头一个星期，谣言开始声称埃塞克斯即将被关进伦敦塔。埃塞克斯本人可能也相信了这个传言，他与心腹们商议。这些心腹认为坐等马尔到来已经来不及了，现在是先下手为强的最后时机。但他们该怎么做呢？一部分人认为应该对宫廷发起强攻，并制订了一个周密计划，通过这个计划，能够以尽可能少的暴力实现对女王的控制。另一些人则认为应当依靠埃塞克斯的声望，在伦敦发起民众起义。只要有民众的支持，宫廷自然会听命于他们。埃塞克斯无法做出决断，他像往常一样摇摆不定。可以想象，即便到了这般地步，倘若没有其他事件推动他采取行动，他也只会无限期地在这两个计划中间犹豫，重新陷入习惯的无能状态当中。

而这"其他事件"，显示的则是塞西尔游刃有余的禀赋。他以准确无误的直觉看到，现在正是让这一切了结的最佳时刻，于是他动手了。2 月 7 日，星期六一早，女王的信使来到埃塞克斯府邸，要求埃塞克斯到枢密院走一趟。这便足够了。对于阴谋家来说，这一趟自然是因为阴谋败露，埃塞克斯定然有去无回，除非他们立刻动手。于是埃塞克斯先行一手缓兵之计，推说自己重病在身，无法起床。他的心腹们围在他身边，众人最终决定，明天就要动手，把国务大臣除掉。

至于女王本人自然是神圣不可侵犯的，该是怎样的卑鄙或疯狂之徒会考虑要对她动手？埃塞克斯极力坚持这一点。然而，在这群狂妄之徒当中，显然有一些人甚至以亵渎的眼光看待这位光荣女王。在那个星期六下午，出现了一段怪异的插曲。有一位吉利·梅里克爵士，是埃塞克斯的追随者中最激进的一位。他带了一群朋友，渡河前往萨瑟克，找到戏剧剧团。他说他决心要让民众看到英格兰国王是可以被废黜的，于是要求剧团当天下午演出《理查二世》。剧团不同意：这戏已经过时了，没人看，演了要赔钱的。但吉利爵士坚持己见，他提出，只要剧团演这出戏，他本人愿意付40先令。在这样的条件下，当天下午《理查二世》便上演了。多么奇怪的事情！这位吉利爵士一定深谙历史，但对文学了解有限。如若不然，他怎会不知道莎士比亚这个二流诗人在剧中安排主角最终惨死？而这样的结局，又怎能鼓动民众，对眼下这位与剧中君主迥然不同的女王奋起反抗呢？

政府对此有所察觉，采取了一些行动。星期日一早，白厅的警卫兵力增加了一倍。查尔斯·戴弗斯爵士早早前去侦察，回来后汇报说，强攻已无可能。他建议埃塞克斯秘密逃离伦敦，到威尔士再谋起事。克里斯托弗·布朗特爵士则认为应当立即行动，他的提议随着武装人员越积越多而得到响应。这些人从天一亮便开始拥入埃塞克斯府邸的庭院。到10点钟，埃塞克斯府邸已经聚集了300余人，埃塞克斯本人也在其中，这时大门处传来叩门声。边门一开，出现的是四位朝廷大员——掌玺大臣、伍斯特伯爵、威廉·诺里斯爵士，以及首席法官大人。他们的随从被拒之门外，但四位大人被允许进入。埃杰顿开口，称他们是奉女王之命，前来问询这场集会有何目的，接着宣告众人若是对某人某事心怀不满，完全可以提起申诉，政府一定会主持公道。庭院里喧哗吵闹的声音太大了，他们无法交谈，于是埃塞克斯想把这四位外表淡定但内心不安的大人请到书房当中。四人同意了，但还没等走到书房，人群便追了上来。有人喊"宰了他们！宰了他们！"，还有人喊的是"把他们关起来！"。埃塞克斯自己也被这些疯狂呐喊、群情激奋的追随者包围了。他想开口说话，却被他们打断。"您快走吧，大人。他们欺侮您，背叛您，损坏您的声誉，您别再浪费时间了！"他被困在人群当中，什么也做不了。当四位大臣劝告人群放下武器，赶快散开而无果后，他发现自己已经被推到了书房门口。他让埃杰顿和其他大人留在原处，不要走动，他高喊自己很快就会回来，跟他们一起面见女王，然后把他们让进书房，随即把门关上，自己走了出来。这样一来，四位大人真的被"关起来"了。狂热的人群于是走出宅邸，来到院子里，大门随即打开，众人拥上街头。不过即使到了这个时刻，大家依然举棋不定。该去哪里呢？"去王宫！去王宫！"有人喊道，大家都在等待埃塞克斯做决断。但他这时突然下定决心，转身朝城里走去。那就去城里吧。但他们没有马，这么多人只好一起步行。他们走上斯特兰德大街，步履匆忙，挥舞着手中的武器。走在众人最前面的是身材高大、皮肤黝黑的克里斯托弗·布朗特爵士，"冲！冲！冲！前进！前进！"他高喊道，试图通过激烈的手势和语无伦次的呐喊唤醒伦敦人民的激情。

叛乱者们从路德门进入伦敦城，但政府事先已经做好了准备。牧师们奉命告知民众，在接到进一步消息之前，所有人都要留在家中，不准外出，并且要备好武器，市民们也服从了。他们为何要参与叛乱？不错，埃塞克斯是他们的英雄，但他们是女王的忠实子民。他们对这一突然的变故毫无准备，不明白其中缘由。接着消息传来，埃塞克斯被宣布为叛国者，这个可怕的字眼和它所代表的严酷惩罚，让他们自灵魂深处感到恐惧。正午时分，埃塞克斯的队伍来到圣保罗教堂门外，但没有丝毫民众响应的迹象。他继续向前，高声喊道，有人意欲谋害他的性命，英格兰王位已经被出卖给了西班牙公主。但这些都徒劳无获，没有激起任何反应。街上的人们呆然站立，一言不发，两侧的居民透过窗户向外张望，脸上都是困惑与惊恐的表情。他曾打算在圣保罗十字架前发表演讲，但在这样的气氛中，郑重的演讲已无可能，况且他自己的信心也已经丧失殆尽。当他走在齐普赛街上时，所有人都能看出他已经彻底绝望了。他的脸上满是汗水，表情因慌张而扭曲。他终于明白现在已经无路可走，他的整个生命在这场可怕的惨败中彻底崩溃。

走到格雷斯教堂街，他走进了一位朋友——治安官史密斯——的家中，希望得到支持。然而这位治安官尽管同情于他，但也并非不忠于王室。他以咨询市长为由从家中离开。稍作休息后，埃塞克斯重新回到街头，发现他的追随者已散去大半，而政府军正在集结。他准备返回自己家中，但走到路德门，去路被堵住了。伦敦主教与约翰·莱韦森爵士召集了士兵与一些义勇市民，并在狭窄的城门口拦起了几道铁链。叛乱者试图冲击，但被击退。克里斯托弗爵士负伤，一名随从被杀，还有几个人受了重伤。埃塞克斯退到河边，找到一条渡船，回到埃塞克斯府邸，从水门进入。到那里时，他发现四名大官已被释放，并且回到了白厅。他赶忙着手销毁罪证，包括他脖子上黑色皮套里的那封信，然后封锁自家宅邸。很快，由海军上将率领的女王军队来到了他家门口，他们甚至拉来了大炮。很明显，抵抗已无意义。经过简短的谈判，埃塞克斯宣布无条件投降。他被立即押送至伦敦塔。

第十五章　处决埃塞克斯

　　政府并未受到任何实质性的威胁，尽管在白厅，一定会有一些焦虑的时刻。可以想见，大臣们担心市民对埃塞克斯的煽动有所响应，进而导致斗争爆发。但伊丽莎白从来不缺乏勇气，她积极而冷静地等待事态发展。当一切安然无恙的消息传来，表明民众依然忠诚于她时，她发觉自己可以完全把心放下了。她下令，立即对埃塞克斯及其追随者进行审判。

　　近百人遭到拘捕，枢密院马上对其中的带头人物进行审讯。很快，先前一年半时间里的阴谋，包括与詹姆斯的暗通款曲和蒙乔伊的知情不报，统统被揭露出来。对埃塞克斯和南安普顿这两位伯爵的审判，定于2月18日，将由一个特别的贵族委员会主持。要提起怎样的控诉？众人很快决定，不可提及苏格兰，对涉及蒙乔伊的内容也应当克制，毕竟他出兵在外。况且，即使忽略这两部分内容，给他们定叛国罪也绰绰有余。

　　弗朗西斯曾经负责过一些次要审判的初步聆讯，这次被要求担任公诉方的律师。他没有半分困惑或者疑虑。换作旁人恐怕不会如此，但弗朗西斯向来是个公私分明之人。个人的友谊与利益是一回事，政府要求将危险的罪犯绳之以法的公共责任是另一回事。他没有做判断的义务，他只是一名律师，只需要尽己所能，代表女王在诸位贵族面前陈述案情。他自己的意见、自己的感受都无关紧要。毫无疑问，参加这次审判可以让他得到不少好处。仅从经济角度来看，这个案子也如同久旱甘霖，因为他依然负债累累。此外，他还有机会借此讨好目前英格兰毫无疑问的最有权势之人，他的表弟罗伯特·塞西尔。不过这层利害关系不该成为他回避的理由吗？无稽之谈。难道要因为律师在工作中收取报酬，便质疑他不配代表法律吗？此外，还有一层更为复杂的用意。让弗朗西斯在审判埃塞克斯的过程中代表政府，对后者无疑是极其有利的。埃塞克斯曾是他的赞助人，还是他哥哥的密友，因此，当他作为公诉方的一员出现在法庭上时，且不说对法官，光是对公众的影响便会十分大。人们很容易得出结论：连弗朗西斯都参与到了审判当中，这个埃塞克斯真的是罪大恶极。另一方面，倘若弗朗西斯拒绝，女王一定会感到不满，他甚至有可能因此招致惩罚，导致他的前途就此葬送。所以呢？只有傻瓜才会在这种局面中拿不定主意。政府行为的责任归政府，他不该深究政府的用意。如果他能通过履行职责让自己避免灾祸，那就更好了！其他人可能分不清楚顺水推舟与贪赃枉法的区别，对他来说，二者的差异再明显不过。

他的智慧从未以如此令人满意、如此优美的方式发挥过作用。他的论证是完美的，实际上，只存在一个错误，那就是他曾做出过相同的判断。头脑简单的人可能会做得更好，因为他会本能地感知到局面的本质，这个局面所需要的是广泛地争取人心，智慧的锐利刀锋恰恰没有用武之地。弗朗西斯看不到这一点，他看不到他曾与埃塞克斯长期保持友谊，后者不断给予他种种恩惠、高尚的奉献与令人动容的赏识，现如今他却要参与到对这样一个人的毁灭当中，这是何其可悲、令人不齿的举动。查尔斯·戴弗斯爵士算不上聪明人，但他对自己恩人的绝对奉献，保证他可以在历史的腐朽陈迹中流芳百世。弗朗西斯实际上并不需要那样莽撞的英雄主义，他只需要置身事外便足够了。如果他能冒着引发女王不悦的风险隐居剑桥，节制生活，遣散仆从，并将自己投入他那么真心热爱的科学事业当中……然而这绝无可能。这不是他的天性，也不是他的命运。等待他的是高官厚禄，在那条大蛇的精妙启发下，他必须以蜿蜒曲折的心迹，亡命于穷尽奢华的前途。人们着迷地注视着那斑斓夺目的诱惑，几欲克制却不能。

　　政府审判不过是戏剧化的形式。判决早已拟定，人人都清楚这一点。诉讼程序的意义在于其政治性，它使得当权者能够公开表达惩罚犯罪者的理由，在全世界面前展现他们希望人们认为的他们如此行事的动机。在这个案件中，罪犯的犯罪事实确凿无疑。贵族委员会询问审判法官，后者宣布埃塞克斯及其追随者在 8 日即星期日的行为无论有何意图，皆已构成叛国罪，因此，只要正式提出证据，就可以当庭宣判。然而，如果仅仅是在伦敦城走动便招致如此可怕的惩罚，民众难免会被激怒，因此公诉的目的实际上是证明埃塞克斯有危险企图，且蓄谋已久。但本案中最明显的证据却不可提及，那就是与苏格兰国王的勾结，这无疑给公控方的律师们造成了困难。但他们的立场足够坚定。被告一方未被允许聘请律师进行辩护，他们的质询权也被最大限度地限制。最关键的证人指认以向法庭宣读证词的方式提出，这些证词来自伦敦塔中的审讯，无从限制或是证实。总的来说，似乎可以肯定，只要动动手腕，公诉方便可以对被告方的行为及性格进行抹黑，进而从各个方面实现定罪。

然而，"动动手腕"这样的精细操作，恰恰是公诉方的头号人物爱德华·科克不擅长的。在这个更关键的场合，总检察长再次犯下与先前在约克府邸相同的战术错误。他粗暴地辱骂自己的宿敌，反倒引起了公众对其的同情。他自愿踏入激烈争论的泥潭，结果导致案件中真正的问题被遮蔽。在争论的过程中，埃塞克斯不止一次反客为主。他激烈地控诉罗利打算谋杀他，后者不得不走上证人席，对这一无关审判的指控进行否认。接着埃塞克斯又拿出另一套说辞，称国务大臣已经把王位继承权出卖给了西班牙人。随后发生的一幕出人意料。原本一直在幕后旁听审判的罗伯特突然站了出来，双膝跪地，请求法庭为他做主，洗清这一诽谤的罪名。众人听取了他的意见，在与埃塞克斯长时间争论之后，罗伯特说出了这样一个事实：埃塞克斯指控的依据来自他的舅舅威廉·诺里斯爵士。于是诺里斯爵士也被传唤上来，他提供的证据为国务大臣洗清了罪名。他说，罗伯特的确跟他提起过西班牙公主，但那只是在谈论一本书，在那本书里，西班牙公主的名号位列其他所有人之前。埃塞克斯的几次指控都被瓦解，但公诉方在长时间的审理之后，仍然没有论证出他有实际的犯罪意图。科克的大吼大叫也无济于事。"你就是这样打算的吧，"他喊道，还咄咄逼人地向埃塞克斯摇晃手指，"不光想占领伦敦塔，还想占领王宫，掳走女王。没错，想取她性命！"然而这种气急败坏的做法只会适得其反。

弗朗西斯一直在旁观，现在他觉得时机已到，该自己大展身手了。这场审判真正的核心——埃塞克斯举事动机的确切性质，确实是个复杂而模糊的问题。即便是最平常的人，其行事动机都很难分析，更何况埃塞克斯绝非平凡之辈。他的思想是由种种极端构成的，他的心性也极不均衡。他往往会从一个极端冲向另一个，他允许种种诡异的矛盾在自己的内心生根发芽，一同成长。他的内心既充满热爱，又满是憎恶，他既是忠心耿耿的仆人，又是穷凶极恶的叛徒，两种状态并立共存。平心而论，人们很难在他的行为中找到任何坚定的意图，内心的激情与外部环境的偶然因素让他无时无刻不在动摇。他有过叛国的念头，最终也形成了计划。但这个念头从来都不是坚定的，源于浪漫情结的忠诚与源于高贵地位的悔恨始终夹杂其中。他在爱尔兰的行动便是这种状态的典型。他本来已经提议率兵对英格兰反戈一击，然而随即又改变主意，掉头讨伐泰隆。而最后这一次行动，他走得太远了，在追随者以及女王的敌意的推动下，他才孤注一掷。然而直到最后一刻，他也都是不确定的、含糊的、心思杂乱的。他的本性中并没有根深蒂固的恶意。他也许真的相信罗伯特的背叛，而且实际上，他的这种想法不无道理。罗伯特尽管始终表现得忠心耿耿，但背地里一直有来自西班牙方面的进项。这个反现实主义的人物坚信的是自己的远大前程，志得意满之时，他很可能梦想自己能够发动一场不流血的革命，不必弄脏双手便可以将罗伯特和罗利排挤到一边。然后，那能够配得上他真正的情感、真正的崇拜、真正的野心的道路便会再度展开。从那以后，女王将属于他，而他将属于女王，他们将沐浴在光荣的幸福之中，直到死亡将他们分离。

这就是他的内心活动，而弗朗西斯是这世上最无法理解这些的人。这样的思维方式与极端坚定的智慧所照亮的清晰、明澈的范围相去甚远。尽管有心参透，但这位《论说文集》的作者绝无可能理解这样一种由情绪而非理性主宰的心境。不过眼下，他连参透的打算也是没有的，更没有同情心。案件的事实是什么？只有通过事实才能对行为做出判断，但法庭却被种种指责和无关案件本身的事情牵住了鼻子，忽略了事实。所以他需要做的是冷静而坚定地拨开罪犯的借口与障眼之术，让法庭以及公众的注意力重新回到案件真正的核心——埃塞克斯行为的用意。

在娴熟地对诸位贵族大人恭维了一番之后，弗朗西斯开始引经据典，阐述自己的观点。他说："纵观历史，没有一个叛徒不是在以三寸不烂之舌掩盖自己的忤逆之心。"埃塞克斯同样是为了掩盖自己，才"将脏水泼到几位大人身上，挑拨他们同女王陛下的关系，还妄称有人意欲到他的府邸加害于他，这才导致他逃到城里求援"。他这种做法，"与庇西特拉图[1]并无不同。史书记载，此人先是自残，随后逃到雅典，哭诉自己遭歹人所害，如同真的

---

1. 古希腊雅典僭主。

九死一生一般。他想通过这种虚构的伤害与威胁唤起人们的同情，让民众支持他，进而听命于他，而他最终的目的是要将城邦据为己有，进而颠覆其政府形式。而我们这位埃塞克斯伯爵，同样是以受到威胁和袭击的名义进入伦敦城的"。然而实际上，"并没有人威胁他，他也没有什么敌人"。事实是不容置疑的。"况且，伯爵大人，"他转向犯人，"无论你先前说了什么，还是接下来想说什么，不过都是捕风捉影。因此，我建议你最好认罪伏法，不要再做无谓的狡辩。"

埃塞克斯从来都没法把一个人跟他的言论区分开来。"既然如此，"对于弗朗西斯的发言，他回应道，"我要跟这位培根先生辩一辩。"然后他告诉法庭，就在几个月前，弗朗西斯还在假借自己的名义写信，然后呈给女王，用来表明"我是个忠心耿耿的人"。"这些题外话，"弗朗西斯冷冷地说，"不应在这里提及，也不该受到指摘，"那些信并无恶意，他补充道，"而且我在为了让阁下能尽心尽力为女王效忠方面所耗费的时间，比我在任何其他方面所花的时间都要多。"

然后他坐了下来，审判的主导权回到科克手中。其他共犯的证词被一一宣读，但盘问过程依然毫无章法，一个又一个问题被提出，然后草草略过。最后，当总检察长对被告有违宗教信仰的行为大加批驳之后，提出要就这个问题进行质证，其他贵族却表示拒绝。法庭再一次陷入混乱，这时弗朗西斯又站了起来，提醒大家要把注意力放在关键问题上。他表示："我从未见过有哪位罪犯受到如此仁慈的对待，允许他不断离题，提出的证据都是零敲碎打,同时对他如此罪大恶极的叛乱行为进行如此愚蠢的盘问。"他宣读了法官们从法律角度提供的建议,然后继续说道:"策划阴谋并执行,带领武装人员上街这样的行为,能有什么理由?掌玺大臣与传令官的警告都已送达,然而他仍不为所动。任何心思纯正的人都该将这种行为视为忤逆叛国吧?"这时埃塞克斯打断了他的话:"倘若我真的有心谋反,而非防范我个人的敌人,我不可能只带这么少的人行动。"弗朗西斯停顿片刻,然后直接反驳了埃塞克斯:"你确实不可能只带这么少的人行动,但你的打算是在伦敦城争取支持,你真正指望的是这个。当年吉斯公爵[1]在街垒日,身穿短上衣、紧身裤,只带了八名绅士便冲进巴黎的战场,但他得到了民众的支持,而你(真是谢天谢地)恰恰没有。然后呢?法国国王不得不套上朝圣者的破衣烂衫,仓皇逃走,这才幸免于难。"他转向诸位贵族,"我们这位伯爵打的也正是这样的主意,他的伪装也是如此。进入城市当中,寄希望于一呼百应。但此人的目的是叛国,这一点已经得到了充分的证明。"

这记重拳确实正中要害,但弗朗西斯的发言已经不再仅仅针对法庭与公众。将埃塞克斯与吉斯公爵相提并论,后者成功掀起的叛乱人们至今历历在目,其实际影响远比陈年史籍中的庞西特

---

1. 指第三代吉斯公爵、"疤面人"亨利·德·洛林。"街垒日"是胡格诺战争中的重要组成部分,当时的法国国王亨利三世对新教做出极大让步,引发天主教不满。身为天主教领袖的吉斯公爵密谋政变,于"街垒日"在首都巴黎击溃国王军,迫使亨利三世出逃。

拉图更为致命。这样做的目的只有一个：这个例子足以触动伊丽莎白的心灵，将埃塞克斯的形象如此贴切地与那位反对亨利三世的反叛者相融合，着实是一步好棋。毫无疑问，这些话会传到伊丽莎白耳中，但首先，它们是说给另一个不露面的旁听者听的，他在突然戏剧化的出场之后，又回到了幕后的位置。国务大臣超凡的智慧足以领会这番讲话的用意，这位表哥的表现可圈可点。埃塞克斯沉默不语。弗朗西斯·培根完成了他的任务，凭如簧之舌打破僵局，而且两度奏效。

不可避免，两名犯人都被判有罪。叛国的判决按正常流程进行。在庭审的磨难中，埃塞克斯一直是大胆、庄重、泰然的，然而当他再度回到伦敦塔，一种剧烈的抗拒之情笼罩住了他，痛苦与恐慌压垮了他的理智。一名奉命而来的清教牧师想要趁机激发他的良心，结果对地狱的恐惧占据了他的全部想象。他完全崩溃了，在痛苦的哀鸣中，自持、自尊全都荡然无存。他表示，他希望向枢密院的诸位大臣忏悔。大臣们来了，他便向他们宣告，自己是个可鄙的罪人，只能匍匐在上帝的审判台前，心如死灰。他为自己无可救药的罪行大声疾呼。不仅如此，他还做了更多事情，他谴责自己同伴阴暗的想法、可怕的阴谋与邪恶的行为。他们也都是叛徒，是恶棍，罪恶程度不亚于他自己。他怒斥所有人：他的继父、查尔斯·戴弗斯爵士、亨利·卡夫，说他们一个比一个坏，由于他们的引诱，他才走上了这条罪恶的道路。现在他们都要在厄运当中一起沉沦。还有他的妹妹！不要忘记这个女人，她也是最奸邪之人！她难道不是犯下了更多罪行吗？"一定不要放过她，"他喊道，"这女人个性倨傲得很。"他又骂起蒙乔伊的叛逆言论、虚情假意，以及无视婚约的种种勾当。接着，在一众越发感到尴尬的听众面前，他又回到了对自己罪行的忏悔上。"我深知自己罪孽深重，"他说，"辜负了女王陛下与上帝。我必须向你们承认，我是这片土地上有史以来最凶恶、最卑劣、最恬不知耻的叛徒。"

当这些足以表明人性之软弱的屈辱场景在伦敦塔上演时，女王待在白厅，藏在最隐秘的密室当中。所有人的心思都指向她，有人揣摩，有人期待，有人恐惧。悬于一线的未来掌握在她无情的双手之中，旋转着，颤抖着。

不难猜想她最终得出结论的思考路径。尽管有弗朗西斯的类比，但伊丽莎白很清楚，在本案中，她所面临的实际风险是最微不足道的部分。埃塞克斯的起事非常愚蠢，从一开始便注定将会狼狈地失败，这一行为太过软弱无力，就其本身而言，依法很难够得上处以极刑。如果出于某些原因，女王最终决定从轻发落，那么理由也很充分。死刑的惩罚完全可以变作监禁与财产充公。诚然，与苏格兰的詹姆斯勾结是更加严重的阴谋，但实际上并没奏效。除了少数重要官员，大多数人对此并不知晓，而且人们很可能会把这一点彻底忘掉。所以，究竟是否有宽恕他的理由呢？肯定是有的。这理由必然不是出于司法程序，也非政治形势，它们只能出于个人原因。当然，这理由是否成立，也全看个人情分。

转眼之间，终结眼前悲惨的现实再度和解，以全新的狂喜重

194

温旧梦。如此行事有何阻碍？什么都没有。女王有这样的权力，她可以一意孤行，最大限度使用她的豁免权。在短暂的蛰伏反省之后，埃塞克斯便可以重新回到宫廷。没有人会反对她。她知道，以罗伯特的个性，他一定会毫无怨言地接受这种状况。所以还有什么顾虑呢？这样的前景多么美妙，于是她听任自己在欲望之海愉快地漂浮。然而时间一定不长，她不会允许自己永远沉溺于幻想之中。现实感悄然前移，秘密地掌控了她的思绪，它用无情的手指，拨开了玫瑰色的海市蜃楼。她看到自己原来是站在光秃秃的岩石上。现实是一目了然的：她不可能再信任他了，不然就会一而再，再而三地重蹈覆辙。无论她怀有怎样的情感，埃塞克斯的内心永远是分裂的、危险的、不可捉摸的。就算眼前的危机能够轻易解决，下一场灾祸很快便会接踵而至。

然而，说到底，她为什么不能冒这个险呢？她一生都是赌徒，现在她的生命所剩无几，何不按照她的老办法，以经典的铤而走险换取危险的愉悦，掉转船帆，逆风突进呢？就让他与苏格兰的詹姆斯勾结又能怎样？她能够应付！对他做最坏的打算，她也稳操胜券。她将与他搏斗，压制他，将他玩弄于股掌之间，最后再一次郑重其事地、满怀喜悦地赦免他。多来几次又何妨？倘若她失败了，也罢，那将是一次全新的体验。况且，她说过无数次了！"自然之美，在于其变幻莫测。"没错，她正是与自然相似之人，多变而美丽……可是突然间，一段可怕的记忆向她袭来，那可怕的、无耻的话语在她耳中回响。"皱皱巴巴""死尸"——他原来是这样看待她的！在满嘴甜言蜜语之时，他的内心原来是厌恶的、鄙夷的，并不情愿与她亲近。是这样吗？难道，他们之间的全部关系，竟是一场漫长而卑劣的骗局？难道这一切，就只有苦涩与盲目吗？他或许爱过她？当然爱过！但那早已是过眼云烟了，时间是不可阻挡的。每分每秒，他们之间绝望的深渊都在扩大。这幻梦完全是愚妄的。她宁愿不再去照镜子，为什么要照？没这个必要。不必看，她也知道自己身上正在发生什么。她是一个67岁的可怜老妪。她终于看清了真相，全都看清了。

她压抑的浪漫主义堡垒到底失守了，愤怒与仇恨在它的废墟上插下旗帜。长久以来，她内心汹涌的敌意迸发出来，冲向她的痛苦与屈辱的制造者。埃塞克斯全方位地背叛了她，精神上、情感上，还有现实中，在世人面前，在她最私密的美梦深处，欺骗了作为女王和作为女人的她。而他还在幻想自己能够躲过此等不义之举所招致的厄运，还想起身反对于她，将她作为力量的犹豫不决看成是性格怯懦的软肋，他该尝尽苦头，好好觉悟了！他该觉悟，她是何人之女。她的父亲，英格兰的先王，懂得怎样统治一个王国，也清楚如何惩罚不忠的爱人。当她决定将她的爱人如她的母亲一般处死时，一种非同寻常的激情在她的内心深处涤荡。这一切仿佛冥冥中早已注定，黑暗、恐怖，令人满足。父亲的经历，经由命运微妙的安排，在她身上重现。罗伯特·德弗罗配得上跟安妮·博林相同的结局！她的父亲！然而在心底更深处，还有更微妙的颤动。父女两人的命运，既相似又不同。毕竟，她并非男人，而是女人。难道，这一切并非重复，而是报复？在生命的漫长岁月之后，在这令人震惊的终末之章，最终现身的，难道是她死于非命的母亲？命运之轮已经完全倒转了。男子气概——迷人的、可恶的存在，她最初的印象是父亲大腿间、隐于黄色华服下之物——这男子气概终于被推翻了，在那叛徒身上，这东西将被连根拔除。从字面上亦是如此……她很清楚叛国罪对应的是怎样的刑罚。但是，不！她露出讽刺的微笑。她不打算褫夺他的贵族特权。只要让他像先前海军上将西摩等人那样便足够了，砍下他的脑袋便够了。

于是，这成了伊丽莎白一生中唯一一次几乎没有动摇的决断。审判是在 2 月 19 日进行的，而处决定在 25 日。动摇还是有的，倘若一点没有，显然不符合伊丽莎白的个性，但动摇也是无关痛痒。23 日，她吩咐应该将处决推迟，24 日，她又宣布照常进行。之后她便再也没有对法律程序进行干预。

后世流传着一个浪漫故事，使得最终的灾难成了阴差阳错的结果。这个故事家喻户晓：据说，在两人如胶似漆的日子里，女王曾送给埃塞克斯一枚戒指，并承诺不管未来发生什么，只要埃塞克斯送还这枚戒指，女王一定会宽恕于他。于是在临刑之前，埃塞克斯费尽周折，将这枚戒指从伦敦塔送出，交给了一个小男孩，嘱咐他把戒指送给斯克罗普夫人，请她把戒指带给女王。结果这个男孩错误地把戒指送了斯克罗普夫人的姐姐诺丁汉夫人——埃塞克斯的敌人诺丁汉伯爵的妻子。于是这个女人将戒指藏匿起来，直到两年后，诺丁汉夫人弥留之际，才对女王吐露真相。女王哀叹道："上帝也许会原谅你，夫人，但我永远不能！"这才彻底拉下这出悲剧的帷幕。这样的传闻在它最初的来源——

一篇多愁善感的言情小说[1]当中是很适合的，但它与历史无关。其中的细节显然不可能为真，反对的证据也很确凿。当时最重要的历史学家卡姆登含蓄地予以否定。克拉伦登则对它提出了明确的反驳，作为下一世代的历史学家，他有机会充分了解事实。后来的历史作者们也大多弃之不用，包括博学而睿智的兰克。可以肯定的是，即便没有这样的矫饰，严峻的事实也足够有说服力。埃塞克斯并未提出申诉。求情还有什么用？如果伊丽莎白自己都心意已决，再说什么也都没有意义。末日默然到来：埃塞克斯终于明白了，跟其他败于女王之手的人们一样，他完全误判了她。旁人根本不可能左右她的心意，她过于张扬的犹豫不决和颓丧崩溃只不过是虚掩，内里的真相坚硬如铁。

埃塞克斯提出了一个要求：他不想被公开处决。这个要求被欣然应允，因为对他的惩罚似乎仍有可能激起民意。他理应像其他贵族罪犯一样，在伦敦塔的院子里秘密斩首。

1601年2月25日，所有有资格见证这一场面的人聚集在那里，其中自然有沃尔特·罗利。作为卫队队长，这是他的责任所在。但他也想到，这位死囚可能还有话要对他说，于是他站到了行刑区域附近。在他周围，人们窃窃私语。应当如此吗？一世英名的埃塞克斯伯爵，竟落得这般下场，难道他的敌人还要在这个时刻

1.《最负盛名的伊丽莎白女王与埃塞克斯伯爵秘史》，作者署名为"大人物"，1695年出版。《恶魔案卷集》中记录了这个传说的雏形（出版于约1620年）。另见《约翰·韦伯斯特作品集》，卢卡斯编辑，第二卷，343页。——原注

来到他眼前欢庆胜利吗？真是可耻！罗利听到后，只好沉着脸退出人群。他走进白塔，爬到军械库所在的一层，通过窗口，这位帝国主义的不祥先知注视着行刑的进程。

这个过程绝非手起刀落。在那个时代，这种场合需要配合庄重的形式，还要有一连串繁复和虔诚的宗教礼节，才能执行对于身体可怕的损毁。埃塞克斯身披黑斗篷，头戴帽子，三名神职人员围绕着他。踏上行刑台后，他摘下帽子，向四周的贵族们鞠躬。他开始了自己的长篇大论，言辞恳切。他一定准备了很久，一半是演讲，一半是祈祷。他说自己年岁尚浅——34 岁——在"放荡、荒淫与不洁中浪费了自己的大好年华"。他因为"骄傲、虚荣和贪图这世界的享乐而忘乎所以"，他的罪孽，"比头上的头发还要多"。"鉴于这一切，"他继续说，"我谦卑地恳求救世主基督能为我的赦免向永恒的主作保，尤其是我最后的滔天大罪，这可怕的、血腥的、令人号泣的、影响恶劣的罪，如此多的人因为追随于我而冒犯上帝、冒犯陛下、冒犯这个世界。我恳求上帝原谅我们这些罪人，原谅我，所有人当中最可鄙的那一个。"接着他开始为女王的福祉祈祷，"我必须说明，我从未有意染指女王的性命，也不曾有意伤害她"。他宣称，他既不是无神论者，也不是教皇的走狗，只是希望能够凭着"救世主耶稣基督的怜悯"与功绩，在上帝那里求得救赎。他停顿了一下，正要脱掉斗篷，这时一位牧师提醒他，他还得祈祷上帝宽恕他的敌人。他照做了，然后脱下斗篷和皱领，穿着黑色的紧身短衣跪在行刑台上。另一位牧师安慰他不必惧怕死亡，这时他还单纯而严肃地承认道，在战场上时，他曾不止一次"感受到肉体的软弱，因此在这生死之间的焦灼时刻，希望上帝能赐福于他，让他坚强"。之后，他眼望上方，更加激动地向全知全能的上帝祈祷起来。他为英格兰的一切祈祷，重复了一遍主祷文。刽子手在他对面跪下，乞求他的宽恕，他宽恕了。牧师们要求他重温一遍《使徒信经》，他们念一句，他便重复一句。接着他站起身，脱去短上衣，里面是猩红色的背心，还有两条猩红色的袖子。最后一次站在世人面前，他依然高大、英俊，秀美的头发披散在肩上。然后他转过身，在断头台前俯下身，说等他平躺上去伸开双臂，便是准备好了。"主啊，宽恕你匍匐在地的仆人吧！"他喊道，把头侧靠在低矮的木板上。"主啊，我就要把我的灵魂交予你的手中。"他停了一会儿，接着人们忽然看到两条猩红色的手臂平伸向前。刽子手操纵滑轮，拉起巨斧，然后骤然落下，死囚的身躯没有任何变化。这一动作又重复了两次，他的脑袋才被砍落，血也喷涌而出。刽子手弯下腰，抓着头发，把头颅展示给众人，同时高呼："上帝保佑女王！"

第十六章　政治权力的交替

　　南安普顿保住了性命。他年轻，并且只是因为对埃塞克斯忠心耿耿才误入歧途，这两点成为他获得减刑的主要理由，最终由死刑改为在伦敦塔服刑。克里斯托弗·布朗特爵士和查尔斯·戴弗斯爵士被斩首，吉利·梅里克爵士和亨利·卡夫爵士被绞死。其他一些共犯被处以高额罚金，但再无其他人被判极刑，政府的惩罚并未像人们预期的那般严厉。与哥哥一起被软禁在埃塞克斯府邸的佩内洛普·里奇也被释放了。在这胜利的时刻，罗伯特的唯一目标是不要树敌，他表现出自己本能的温和，尽最大可能妥善安置他落败的敌人们。一个向埃塞克斯夫人示好的机会出现，他自然不会放过。埃塞克斯的一个仆人丹尼尔，掌握了埃塞克斯的一些信件，炮制出几件复本，要求埃塞克斯夫人支付钱财，不然他就要将这些信件公之于众。埃塞克斯夫人向罗伯特提出控告，后者迅速采取行动，将这个无赖逮捕，并送上星室法庭。案件的判决书非常详尽，充满了对埃塞克斯夫人巧妙的恭维。丹尼尔被判处向夫人赔付 2000 英镑，支付法庭罚金 1000 英镑，监禁终身，并且"前述丹尼尔所犯之罪行不仅要公之于众，还要将此人双耳钉枷，脑后贴上大字'此人犯下伪造、勒索及其他邪恶罪行'以傚效尤"。埃塞克斯夫人对此非常感激，她给罗伯特寄去了感谢信，这封信足以让我们对这出悲剧当中最神秘的人物有所了解。此前弗朗西丝·沃尔辛厄姆的身影完全被其他人物遮蔽，她似乎只能在那灯火辉煌的舞台上跟着主角们亦步亦趋。至今我们依然很难全面认识这个人，只能依据想象猜测她具有沉鱼落雁的容貌、动人心魄的魅力，以及非同一般的活力。因为仅仅过了两年，这位锡德尼与埃塞克斯的遗孀便第三次嫁做人妇，成为克兰里卡德伯爵的妻子。随后她便销声匿迹。

埃塞克斯的谋逆活动并未在群众中间激起反响，但政府依然略感不安。官方急于让公众相信，埃塞克斯并非政治阴谋的殉道者，而是受到正义惩罚的危险罪犯。圣保罗教堂的传道牧师奉命以此为主题，进行了一次布道，但这还不够。政府决定印制一份小册子，对这一案件的情况进行说明，并附上庭审证据的摘要。显然，弗朗西斯是主持这项工作的不二人选，他受到指派。随后他将完成的稿件提交给女王及枢密院过目，最后问世的便是《有关已故埃塞克斯伯爵罗伯特及其同党罪行之说明（附悔罪书、罪行证据及其他内容，皆原样摘录自庭审材料）》。说明部分写得简洁明了，并且正如政府所期望的，它表明的是弗朗西斯在庭审过程中的观点，即埃塞克斯的谋逆行为是长期考虑、精心谋划的产物。弗朗西斯充分展现了自己洗练的文笔和高超的技巧，供词中的一些部分被悄悄删除，但篡改被控制在最低限度。实际上，行文当中只有一处与事实明显不符，即埃塞克斯提议借道爱尔兰反攻政府的时间。小册子中声称那是在他远征泰隆之后，而非之前。由此，埃塞克斯对谋逆企图的动摇和最终事件的偶然性便被掩盖了，取而代之的是思考的连续性，即对弗朗西斯观点的肯定。通过对举事之前各种证据微妙地遗漏和选用，整个过程的前因后果被颠覆。实际上一直持续到了最后一刻的埃塞克斯的举棋不定，被全然抹除，取而代之的是令人们相信率领暴徒闯进伦敦城的计划在几星期前便已确定。弗朗西斯达成目的所用之手段堪称天衣无缝，使人们不禁怀疑他是否真的有意为之。然而，如此精妙的手笔有可能是无心写就的吗？有谁能说清呢？大蛇又带着他的秘密悄然离去了。

作为对他工作的奖赏，弗朗西斯从女王那里领到了1200英镑的赏钱。不久之后，他的经济状况得到了进一步的改善。在最终的灾难发生3个月后，安东尼终于得到了这世界从未给过他的安宁。一系列可怖的打击：失去恩主、兄弟反目、希望破灭，愚蠢、激情与邪恶最终赢得一切，摧毁了他本就糟糕的精神状况的最后支柱，即他那激昂而不屈的意志。他死了，弗朗西斯继承了他微薄的遗产。这位弟弟的前途一片光明。财富、前途、享用不尽的声色犬马与智谋游戏，被名望、学识与权力填满的生活，这些东西都将属于他吗？也许会，然而他也永远失去家庭给予的乐趣了。只有古怪的吵闹会打破戈尔汉伯里的寂静。培根老夫人的神经终于失常了。她喋喋不休地谈论着上帝和埃塞克斯，谈论儿子和外甥，谈论地狱之火与叛逆恶行，在颠三倒四的祷告和愤怒中了却残生。癫狂的她蹒跚着踏入老朽之境。遗忘将她湮没。

政府大权落入罗伯特·塞西尔手中，但这份权柄混杂着焦虑与警觉。劲敌刚刚倒台，新的挑战接踵而至，而这才是他一生中最关键的时刻。马尔伯爵抵达伦敦。就在他自苏格兰赶到英格兰的这一路上，形势已经发生了翻天覆地的变化。现在看来，詹姆斯的大使在这里似乎无事可做。就在他犹豫不决地等待之时，他收到了罗伯特的消息，后者邀请他进行一次私人会谈。国务大臣已经看出未来的走向。他希望说服马尔，让他相信自己真心真意想要为苏格兰国王的事业尽一份力。他说，只要詹姆斯愿意放弃他对王位的主张以及种种暗地里的打算，只要信任于他，将必要的细节工作交给他打理，那么等到时机成熟，詹姆斯便会得到自己满意的结果。等到改革完成，英格兰王位非他莫属，不会有任何危险或困难。彻底被打动的马尔回到爱丁堡，并成功地让詹姆斯也相信了这一进展的重要意义。詹姆斯开始与国务大臣秘密通信。为保险起见，这些信件都通过都柏林的一位中间人转交。詹姆斯逐步服膺于罗伯特睿智而温和的影响。渐渐地、持续地、悄然地，未来道路上的障碍都被磨平了，随着那不可避免的时刻的到来，国王的感激变成了喜爱，变成了倚仗。

罗伯特这边，在等待与观察当中，他看到了一种令他最为不安的可能：伴随着埃塞克斯的覆灭，罗利重新得势了。女王委任他做泽西岛总督，她又开始把外交任务交予他，他会走到哪一步？可否将眼前的事态想象成之前戏码的重演，只是扮演王室宠臣的换了一位。然而越换越糟，从埃塞克斯的华丽无能换成了罗利的阴险暴躁？况且，即便是现在这个大胆狂徒，想要从伊丽莎白身上攫取更多力量也为时已晚。但他会不会对天真的、容易被说服的詹姆斯施加某些致命的影响？这一点需要当心，万万马虎不得。于是詹姆斯的心思受到了必要的干预。罗伯特本人所言极少，只说过一次较为尖锐的话，倒是亨利·霍华德勋爵，作为罗伯特最亲密的盟友，被允许加入秘密通信中，一次又一次数落罗利的不堪行径，对詹姆斯提出警告，很快，詹姆斯对罗利既厌恶又害怕。罗利本人对此毫不知情，他跟国务大臣似乎一直关系融洽。他又一次面临失败，先前他的希望被埃塞克斯击碎，现在埃塞克斯被消灭了，他却遇上了一个更可怕的敌人。实际上，他曾经那么盼望的埃塞克斯的覆灭，到头来却是他自己结局的序幕。当他在军械库里望着敌人最终身首异处，他的眼中噙满了泪水。就算这一悲剧的落幕颇为壮美，于他而言心怀悲戚多少还是有些奇怪。然而其中是否还有预感的成分？他是否隐隐看见，同样的结局最终也会降临在自己身上？

伟大的统治又延续了两年，但前行的脉搏已经变得衰微。公共事务上空盘旋着疲惫与悬而未决的阴云，始终难以消散。只有一个地方仍在书写历史，那就是爱尔兰。伊丽莎白选择蒙乔伊非常明智，此人战术得当，不知疲倦，打得泰隆叛军节节败退。整个欧洲的天主教阵营都在为叛军祈祷，教皇命人送来一支凤翎，3000 西班牙援军在金赛尔登陆，然而无济于事。在一场激战之后，蒙乔伊大获全胜，西班牙人举了白旗，泰隆被迫逃走，一路被追杀、伏击，颇为狼狈。他只好再度要求谈判，表示愿意归顺。然而这一次，在爱尔兰建立天主教统治的梦想彻底破灭了，伊丽莎白达成了她的终极胜利。不过，泰隆的奇妙人生并没有就此完结，一些意想不到的波折仍在时间的沙漏里等待着他。他恢复了作为北爱尔兰大领主的地位，在一群崇拜者的簇拥下，富有而高贵。可是不知怎的，他又跟英格兰政府起了冲突。这次他吓坏了，立马开始逃亡。他带着家人和仆从在法国、佛兰德斯和德国游荡许久，濒于绝望，各种飘忽不定的政治阴谋似乎都把他当作棋子。最终，教皇接纳了他，为他提供了住处和养老年金，他的奇妙冒险这才画上句号。他被无边的安逸、懒散和无足轻重的模糊岁月湮没，也淡出了我们的视线，在乏味单调的罗马午后淡出生命的舞台。

伊丽莎白以最大的勇气抵御了愤怒与悲伤的初次进犯，然而不可避免的反应接踵而至。随着对已经发生了的事情的认知越发清晰，她的神经系统渐渐难以承受。她的脾气变得比以往任何时候都更加暴躁任性，经常一连几天陷入抑郁，一言不发。她几乎无法进餐，约翰·哈灵顿爵士记录道，"顶多吃一点白面包和菊苣汤"。她一直把一柄宝剑放在手边，一旦来到神经紧张的时刻，她便会抓起宝剑，胡乱劈砍，怒刺房间的挂毯。有一次约翰爵士想要求见，却得到了粗暴的回复："告诉那个鬼头鬼脑的家伙，我的教子，让他在家待着，现在轮不到他进宫犯傻。"情况一目了然，他听到女王的话，悲从中来。有时，女王会把自己关在黑暗的房间里，一阵阵痛哭。随后她走出来，眉头紧锁，在宫中寻找她想象中的疏漏，把身旁的侍女骂哭。

她依然亲理政事，尽管有迹象表明，一生的干练高效正在动摇。她偶尔粗心，甚至健忘，这在此前从未出现。在其他观察者看来，她核心的部件似乎已经崩坏，只能依靠惯性的动力维持运转。同时，她的体力也显示出惊人的衰退迹象。10月，她亲自主持议会开幕，病痛对她的侵扰暴露无遗。当时她身穿一件沉重的华服，站在两院议员面前，突然身体晃动，差点跌倒，几位绅士赶忙上前，扶住了她。倘若不是他们手疾眼快，女王恐怕真的会跌落地面。

然而实际上，这个苍老的灵魂并未完全腐朽，她仍有技艺做出惊人之举。上了年纪的魔术师大概会双手发抖，但想从帽子里掏出一只兔子仍是小菜一碟。议会会议正式开始时，垄断权利方面的分歧与不满情绪显而易见。这种授予专人特许经营权的行为越发增多，很多人将此视为一种压迫。在下议院宣读专利经营商品的漫长清单时，一位议员插话道："面包在上面不？"一旁有人帮腔："放心吧老兄，就算这回不在，下回肯定在了。"这种垄断权是伊丽莎白对她的宠臣及有功之臣予以赏赐的节俭做法，埃塞克斯对甜葡萄酒的销售专权即是一例。对这种做法进行攻击，其实相当于间接抗议女王特权。伊丽莎白并不习惯让下议院对自己指手画脚，她曾无数次因为一些鸡毛蒜皮的小事便对他们大发雷霆，喝令他们就地解散！因此，当她召见下院议长时，没有人感到惊讶，这个可怜的人自己也做好了挨一顿痛骂的准备。然而随后的事情却让他大吃一惊。女王和颜悦色地接待了他。她说，她最近意识到"她批准的一些专权，对子民们造成了伤害"，她向他保证，"即使是在考虑最重大问题的同时，她也在思考子民的福祉"。她还承诺将着手进行改革。议长欣然离去。实际上，凭借对事实的敏锐直觉，女王看到，下议院的不满代表的是整个国家的一种情绪。与之对抗显然并不明智，一股逆流出现在眼前，她决定先行撤退，同时对其加以利用。果然，在议长满面春风地回去之后，整个下议院都惊喜万分，先前的不满变成了崇拜。他们派出了一个代表团向女王表达感激之情，女王则以最高规格接见了他们。当代表团所有人都跪在女王脚下时，议长慷慨陈词："以我们所有人的崇敬与感激，我们要把所有的忠诚和感恩之心，以及全部的精神都奉献给您，祝您健康安泰。"沉默了一会儿，接着是女王高亢的声音："议长先生，我们知道你的到来是为了向我致谢。诸位知道，正如你们所期待的那般，我对此深感喜悦，你们的爱戴于我而言胜过一切奇珍异宝，毕竟所谓珍宝皆可标价，但忠诚、爱戴与感恩之心在我看来是无价的。尽管上帝令我坐上王位，但能够凭借诸位的爱戴治国理政，我认为这是我身为人君的光荣。"她停了一下，让他们站起来，因为她的话还没完。"当我听到你们的不安，"她继续说，"我也寝食难安。我必须找出对策，那些无赖、无耻之徒，那些滥用我的赏赐之人定将明白，我不会任由他们巧取豪夺。议长先生，请代我向下院的其他成员表示感谢，我非常感激他们能让我了解到这些问题。至于我自己，我必须说，我从不是贪得无厌之徒，不是一毛不拔的吝啬鬼，更不是铺张浪费的昏君。我的心思从不挂意任何世俗之物，我只挂意臣民的福祉。"她又停了一会儿，接下来的语气更加深沉："戴上王冠，身为人君，看上去总是无比光荣的。然而这王冠所代表的远虑近忧，我想将它们比作那名医所调制的药剂，亦不可谓不恰当。其中加了芳香的辅剂，或是裹了糖衣，这才让它得以入口。

然而这药的本质定然是极苦的，是常人难以消受的。对我来说，倘若不是出于良心，履行这天降大任，维护上帝之荣耀，保证诸位之安全，以我的私心，我愿意把这王位让给任何人，以此摆脱辛劳，也无所谓荣耀。因为倘若无法为我的子民谋得幸福安宁，我并不希望自己可以继续活着或是统治下去。而且，尽管你们本有可能或是将会迎来诸多更加强大、更有头脑的君主，但你们并不曾也不会再有更加爱你们的统治者了。"她用上最后一丝力气站起身，目光如炬。厅外有号角声响起，女王撑着她那拖地的华服，坚挺而可怕地转过身去，走出大厅。

第十七章　女王的命运尾声

那个日子是渐渐逼近的，在这个始终踌躇的宫廷，这种拖延似乎已成惯例。日常政务有条不紊。到 70 岁时，女王一如往常，继续亲理政务，按部就班，还会下场跳舞，引得大臣们透过挂帘悄悄窥看。生命力的逝去是缓慢的，但有时也会突然反转。健康与意志在这个反复无常的机体中不时回涌，智慧之光重新闪耀，白厅里再次回荡起那熟悉的爽朗笑声。可很快阴郁的日子又回来了，她对生命所提供的一切感到厌恶，狂暴的脾气不加掩抑，悲痛号泣。终究到了这般地步！一切都太明显了，她完美的胜利最终只赢回了孤独与毁灭。独坐在空虚与灰烬之中，她已经失去了世间唯一值得拥有的东西。它恰恰是被她自己，用她自己的手，从身边赶走，进而毁掉的。但这并不是真的，她一直都无能为力，她只是被某种邪恶力量附身的傀儡，是现实世界中根深蒂固的可怕一环。思想至此，她以身为女王的无所顾忌，向所有身边人，她的侍女、外国使臣，或是向她进献著作的老学究吐露真情。她以深切的哀婉和悲伤姿态，不断重复着埃塞克斯的名字。接着她大手一挥，将这些听众全部赶走。外在的表象更能体现内在的真心，还是应当孤身一人。

1602年冬天，哈灵顿再次进宫，这次他得到了自己教母的接见。"我发现她，"他后来对自己的妻子说，"正处在最悲惨的状态。"当时跟泰隆的谈判还在进行，她却忘记了先前的谈话，询问哈灵顿是否见过这个叛军首领。"我恭敬地回答，当年我随总督大人出征时见过此人。"女王抬起头，神情变得非常黯淡忧伤，然后开口："噢，我知道了，原来你是在别处见过那个人。"她落泪了，甚至拍打起自己的胸膛。哈灵顿想用一些文学上的小伎俩逗她开心，于是给她念了几句自己的打油诗。她淡然一笑，说："当你感觉那个日子已经悄悄来到你的门口时，这些蠢话已经不可能再让你开心了，我现在没有兴趣欣赏这些东西。"

随着新年到来，她的精神有所恢复，参加了几场大型宴会。随后她移驾里士满，想换换空气。1603年3月，她的力量终究耗尽了。除去身体越发衰弱、精神极度委顿之外，并没有明显的症状。她不允许医生到她近前，她吃喝都很少，常常在一张低矮的躺椅上一躺几个小时。最后人们看到，失常的迹象出现了。她挣扎着想自己站起身，却没能做到，于是召唤服侍她的人帮忙。等他们将她扶起来，她拒绝人们进一步帮忙，一个人站在原地，一动不动，周围的人则惊恐地望着她。她已经没有力气迈步行走了，但仍有力气独自站立。如果坐回椅子上，她知道自己永远也无法再起身了，所以她继续站着，这不就是她最喜欢的姿态吗？这是她和死神的战斗，何其惨烈的战斗。这骇人听闻的战斗持续了整整15个小时，然后她屈服了，尽管她宣称自己绝不会躺下。她倚坐在人们为她铺好的垫子上，一连待了四天四夜，一言不发，手指含在嘴里。与此同时，宫廷里弥漫着诡异的气氛，恍如一场噩梦，不祥与恐怖充斥其间。一位女官看到一张红心女王纸牌钉在椅子底部。还有一位女官离开女王的寝室，想稍作休息，走进走廊，却看见一个朦胧的身影，穿着女王经常穿的衣服，从她身边掠过。她吓坏了，匆匆原路返回，却发现女王依旧靠在枕头上，手指含在嘴里，与先前并无不同。

此刻围绕在身边的大臣，都在劝她遵照医生的建议躺下休息，但无法说动她。最后罗伯特斗胆进言："陛下，为了您的臣民，您必须好好休息。""小矬子，你这小矬子，"女王回答，"'必须'这个词，你也敢对一国之君说？"她表示想听音乐，于是乐手带着乐器进来。他们奏出悠扬哀婉的曲调，令她稍感慰藉。在此期间，宗教性质的慰藉自然少不了，但与她不可避免的世俗天性相比，只能算作意义不明的形式之举。对她来说，维金纳琴的曲调比祈祷更能治愈。最终，女王还是被抬到了床上。罗伯特与众大臣围绕着她。国务大臣问她，对于继任者有何打算，女王并未答话。"苏格兰国王？"他提示道。女王比了个手势，他认为这是她表示同意。坎特伯雷大主教，年迈的惠特吉夫特来了，在那些愉快的日子，女王称他为"小黑家伙"。他跪在她床边，开始了虔诚而漫长的祈祷。到此刻，出人意料地，女王似乎对他的服务感到愉快。他一直在祈祷，直到膝盖无法承受。他动了动身子，似乎想站起来，但女王制止了他。他只好强忍疼痛，继续向上天发出呼告。直到深夜，他的工作才告一段落，这时他看到女王睡着了。她就这样一直睡着，时间来到 3 月 24 日清晨，黎明前的寒冷时刻，情况有了变化。焦急的大臣们聚到女王床前，发觉这个反复无常的灵魂再一次让他们手足无措。但这是最后一次了，伊丽莎白女王只留下一具老朽的躯壳。

但与此同时，在另一间内室中，国务大臣又坐到书桌后面奋笔疾书了。一切可能性都被预见，一切都安排到位，剩下的只是推敲细节、润色添彩。重要的变革此刻将以精巧的方式上演。他的手不停歇，心思亦在飞速运转，怀着悲戚，感慨着凡人之岁月枯荣，思忖着王国的改革大计，同时平静而清晰地清点着这几个小时带来的时局变化：两个国家将会联合，新王将会登基，获得成功、财富与权力，于是百世之流芳，身为显赫的世系而光宗耀祖。